WISHBOOKS MODERN FANTASY STORY

세상S 장편소설

뜨겁게 던져라

KB012936

뜨겁게 던져라 7

세상S 장편소설

초판 1쇄 찍은 날 | 2018년 5월 4일
초판 1쇄 펴낸 날 | 2018년 5월 11일

지은이 | 세상S
펴낸이 | 예경원

기획 | 위시북스
편집책임 | 이규재
편집 | 이즈플러스

펴낸곳 | 예원북스
등록번호 | 제396-2012-000132호
등록일자 | 2012. 7. 25
KFN | 제1-252호

주소 | 경기도 고양시 일산동구 호수로 646-24 위너스21 II 빌딩 206A호 (우)10401
전화 | 031-819-9431 팩스 | 031-817-9432
E-mail | yewonbooks@naver.com

ISBN 979-11-6098-936-6 04810
979-11-6098-591-7 (set)

※ 이 도서의 국립중앙도서관 출판시도서목록(CIP)은 서지정보유통지원시스템 홈페이지(http://seoji.nl.go.kr)와 국가자료공동목록시스템(http://www.nl.go.kr/kolisnet)에서 이용하실 수 있습니다.

WISHBOOKS MODERN FANTASY STORY

세상S 장편소설

뜨겁게 던져라

7

- 성장 -

뜨겁게
던져라

CONTENTS

30장
승리를 향해 I

1

“괜찮아, 강. 이번 삼진은 잊고 마운드에서 화끈하게 복수하라고. 알았지?”

강동원이 더그아웃으로 돌아오자 브루스 보체 감독을 비롯해 코치들이 엉덩이를 토닥여 주며 위로했다.

하지만 강동원은 자신의 자리에 돌아가서도 아쉬움을 감추지 못했다.

“하아, 연습 좀 해둘걸. 분명 가운데였는데도 2번이나 치지 못했어…….”

강동원이 자책하며 중얼거렸다. 그 말을 들은 듯 비스트 포지가 슬그머니 강동원의 옆으로 다가왔다.

"강, 왜 이러고 있어?"

"하아……. 한가운데로 들어오는 공을 놓쳐서요."

"하하, 강. 그 정도로 기죽지 말라고. 무브먼트가 좋은 투심은 나 역시 치기 힘들어. 게다가 넌 투수지 타자가 아니잖아."

"알고 있어요. 알고는 있는데……."

강동원이 이내 말을 삼켰다. 고등학교 시절에는 장타도 적지 않게 날렸다지만 메이저리그에서 그런 말이 통할 것 같지 않았다.

"괜찮아, 강. 잊어버려. 원래 타격이 어려운 법이야!"

"후우……."

"타석이 끝났으니까 넌 이제 투구에 집중하면 돼. 내 말 무슨 뜻인지 알지?"

"네, 알아요."

"그래, 감독의 말처럼 마운드 위에서 화끈하게 복수하라고. 하하."

비스트 포지가 웃으며 자신의 자리로 갔다. 강동원도 다시금 길게 숨을 내쉰 뒤 미련을 털어냈다.

강동원에 이어 타석에는 1번 타자 다나드 스팬이 들어서 있었다.

"좋았어! 스팬!"

"나이스 안타!"

"와우!"

강동원이 잠깐 화장실에 다녀온 사이 더그아웃은 시끌벅적하게 변해 있었다. 함성 소리로 미루어 다나드 스팬이 출루를 한 듯싶었다.

아니나 다를까. 다나드 스팬이 1루 베이스를 밟은 채 더그아웃을 향해 높이 팔을 들어 보이고 있었다.

"좋아, 좋아!"

강동원도 뒤늦게 손뼉을 치며 다나드 스팬을 독려했다. 그러는 동안 타석에 2번 타자 아르헨 파건이 나섰다.

주자가 1루에 출루했지만 아르헨 파건은 서두르지 않았다. 초구부터 4구까지 공 네 개를 연달아 지켜본 뒤 투 스트라이크 투 볼 상황에서 5구 투심 패스트볼을 멋지게 때려냈다.

따악!

공은 하늘 높이 치솟았다.

그러나 1루로 뛰어가는 아르헨 파건의 표정은 밝지 않았다. 공을 방망이 중심에 제대로 맞히지 못한 모양이었다.

담장을 넘어갈 듯 날아가던 타구도 이내 중견수 트레비스 얀키우스키의 글러브에 잡히고 말았다.

"제길."

아르헨 파건이 입술을 깨물며 더그아웃으로 물러났다. 그리고 2사 주자 1루 상황에서 3번 타자 비스트 포지가 타석에 들어섰다.

강동원은 비스트 포지를 향해 소리쳤다.

"포지! 한 방 날려요!"

강동원의 목소리를 들은 비스트 포지가 씩 웃어 보였다.

하지만 그것도 잠시. 폴 클레멘트와 눈이 마주치자 눈매가 날카롭게 변했다. 흡사 전쟁터에 나가는 군인처럼 말이다.

"이번엔 기필코 넘겨주겠어."

비스트 포지가 방망이를 단단히 움켜쥐었다. 덩달아 폴 클레멘트도 살짝 긴장하는 눈치였다.

"괜찮아. 투 아웃이라고."

포수 크리스티안 베탄코스가 겁먹을 것 없다며 빠르게 손가락을 움직였다.

하지만 폴 클레멘트는 고개를 저어댔다. 곧바로 두 번째 사인을 냈지만 마찬가지였다.

배터리의 사인 교환이 길어지자 비스트 포지는 곧바로 오른팔을 들고 타석에서 벗어났다.

"타임!"

심판이 두 팔을 벌렸다.

"후우……."

타석에서 벗어난 비스트 포지가 꼼꼼하게 장갑을 고쳐 꼈다. 그리고 다시 집중해 타석에 들어섰다.

잠시 폴 클레멘트와 의견을 조율했던 크리스티안 베탄코스가 세 번째 사인을 냈다.

자신이 원하는 구종이 나오자 폴 클레멘트는 군말 없이 고개를 끄덕였다. 그리고 있는 힘껏 투구판을 박차고 나갔다.

후앗!

초구는 바깥쪽으로 빠지는 커브였다. 투심 패스트볼을 기다렸던 비스트 포지는 어쩔 수 없이 공을 지켜봐야 했다.

'도망치지 마. 투심을 던지라고 투심을.'

비스트 포지가 방망이를 까닥거리며 속으로 중얼거렸다.

그 순간.

후앗!

폴 클레멘트가 2구를 던졌다. 바깥쪽으로 빠르게 날아드는 투심 패스트볼이었다.

'왔다!'

비스트 포지가 회심의 미소를 짓고는 빠르게 방망이를 휘둘렀다.

따악!

하지만 마지막 순간에 빗맞았는지 타구는 1루 관중석으로 날아가 버렸다.

'젠장. 너무 흥분했어.'

비스트 포지가 애써 마음을 다잡았다. 그러면서 방망이를 허공에 휘두르며 스윙을 재조정했다.

'좋아! 이번엔 반드시…….'

2구를 놓치긴 했지만 비스트 포지의 얼굴에는 여전히 자신감이 가득 묻어 있었다. 그래서일까. 폴 클레멘트는 3구째 다시 커브를 내던졌다.

후앗!

폴 클레멘트의 손을 빠져나온 공이 큰 각을 그리며 바깥쪽으로 떨어져 내렸다. 원 스트라이크 원 볼 상황이라 어지간한 타자라면 방망이를 내돌릴 만한 공이었다.

하지만 비스트 포지의 방망이는 꿈쩍도 하지 않았다.

'쳇!'

폴 클레멘트가 언짢은 표정으로 흙을 골라댔다. 회심의 유인구가 통하지 않은데다가 볼 판정까지 받아버렸으니 기분이 좋을 리가 없었다.

볼카운트는 원 스트라이크 투 볼.

여기서 또다시 유인구를 던지기란 쉽지 않았다.

비스트 포지를 내보내면 주자 1, 2루 상황에서 4번 타자 헌터 페이스를 상대해야 한다.

그럴 바에야 어렵더라도 비스트 포지와 승부를 하는 게 백

번 나을 것 같았다.

하지만 포수 크리스티안 베탄코스의 생각은 달랐다.

'아니야, 왠지 느낌이 좋지 않아. 차라리 거르는 게 좋겠어.'

'지금 무슨 말도 안 되는 소리를 하는 거야? 피하자는 거야? 내 투심을 못 믿는 거야?'

폴 클레멘트가 단단히 화가 난 얼굴로 크리스티안 베탄코스를 노려보았다. 크리스티안 베탄코스가 유인구 사인을 보냈지만 폴 클레멘트는 대놓고 고개를 저었다.

'젠장할.'

크리스티안 베탄코스는 어쩔 수 없이 몸 쪽 패스트볼 사인을 보냈다.

'그래, 그래야지.'

폴 클레멘트는 그제야 만족스러운 듯 고개를 끄덕였다. 그러고는 미트를 뚫어져라 응시했다.

크리스티안 베탄코스의 미트를 향해 자신 있는 투심 패스트볼을 꽂아 넣고 말겠다는 의지를 다졌다.

후웃!

폴 클레멘트가 이를 악물고 공을 내던졌다. 그 순간.

'왔다!'

비스트 포지가 기다렸다는 듯이 방망이를 내돌렸다.

따악!

방망이 중심에 정확하게 걸린 공이 높게 치솟더니 좌중간을 향해 죽죽 뻗어 나갔다.

비스트 포지는 잠시 타구를 응시했다. 그러고는 방망이를 휙 내던진 뒤 천천히 1루로 뛰어갔다.

비스트 포지가 1루 베이스를 돌아 2루로 향할 때쯤 관중석에서 환호성이 터져 나왔다.

"와아아아아–!"

"포지! 포지! 포지!"

생각했던 것보다 타구는 멀리 뻗어 나갔다. 아쉽게도 스플래시 히트는 기록하지 못했지만 경기장 밖을 넘길 뻔했다.

–포지! 중요한 순간에 투런포를 쏘아 올립니다.

–조금만 더 나갔다면 맥코비만에 빠졌을 텐데요.

–대략 5미터 정도 모자랐던 것 같습니다.

–아, 정확한 거리가 나왔네요. 2미터 부족했다고 합니다.

비스트 포지는 천천히 베이스를 돌아 홈으로 들어왔다. 폴 클레멘트는 망연자실한 표정으로 마운드에 서 있었다.

비스트 포지가 홈에 발을 내딛자 미리 와서 대기하고 있던 1루 주자 다나드 스팬이 그를 반갑게 맞이해 주었다.

"잘했어, 포지!"

비스트 포지는 다나드 스팬과 요란스럽게 손바닥을 맞부딪쳤다. 그리고 개선장군처럼 당당하게 더그아웃으로 갔다.

"포지!"

"잘했어! 최고야!"

자이언츠 선수들이 우르르 몰려와 비스트 포지의 머리를 두들겼다.

"하하, 아프다고. 이 빌어먹을 자식들아."

비스트 포지는 환하게 웃으며 동료들과 하이파이브를 나눴다. 강동원도 비스트 포지를 향해 엄지손가락을 들어 올렸다.

1 대 0이던 전광판의 점수가 이내 3 대 0으로 바뀌었다. 그러자 파드리스의 데런 바셀리 투수 코치가 더는 참지 못하고 마운드에 올라왔다.

"괜찮아, 폴. 잊어버리라고. 자넨 충분히 잘 던졌어, 단지 저 녀석이 잘 친 것뿐이야."

데런 바셀리 코치가 폴 클레멘트를 달랬다. 경기 초반부터 점수 차이가 벌어지는 건 부담스러운 일이지만 그렇다고 준비도 되지 않은 상태에서 선발 투수를 강판시킬 수는 없는 노릇이었다.

"후우……."

폴 클레멘트가 묵묵히 고개를 끄덕였다.

하지만 데런 바셀리 코치의 말이 전혀 위로가 되지 않았다.

데런 바셀리 코치도 딱히 할 말은 없었던지 그저 괜찮다는 말만 반복하고 마운드를 내려갔다.

“젠장, 그걸 때리다니.”

폴 클레멘트는 심기 불편한 표정으로 4번 타자 헌터 페이스를 노려보았다. 정작 홈런을 때린 건 비스트 포지였지만 이미 더그아웃으로 들어간 이상 복수를 할 수는 없었다.

“좋아, 널 대신 잡아주마.”

폴 클레멘스가 입술을 질근 깨물었다.

하지만 홈런의 후유증이 컸던 것일까. 원하는 대로 공을 컨트롤하지 못했다.

그나마 헌터 페이스가 욕심을 부린 나머지 볼이 될 수도 있는 공을 두 개나 때려 파울을 만들어준 덕분에 풀카운트까지 끌고 오는 데는 성공했다.

하지만 이미 평정심을 잃은 폴 클레멘트는 6구째 완전히 빠지는 볼을 던지며 사사구를 내주고 말았다.

“뭐야, 나하고 승부하는 게 두렵다 이거야?”

지난 타석에 이어 두 타석 연속 사사구를 얻어낸 헌터 페이스가 씩 웃으며 1루로 걸어 나갔다.

하지만 그 여유는 오래가지 않았다. 5번 타자 브래드 벨트가 폴 클레멘트의 2구를 잡아당겨 2루수 땅볼로 아웃됐기 때문이다.

하지만 자이언츠의 더그아웃 분위기는 더없이 좋았다.

강동원도 기분 좋게 4회 초를 막기 위해 마운드에 올랐다.

파드리스의 공격은 1번 타자 트레비스 얀키우스키부터 시작되었다.

"3점 차이야. 어떻게든 살아 나가야 해."

트레비스 얀키우스키가 방망이를 단단히 움켜쥐었다. 강동원을 두 번째 상대하는 만큼 어떻게든 출루하겠다고 의지를 다졌다.

그러나 강동원과 비스트 포지 배터리는 여유로웠다. 오늘 강동원의 공을 놓고 봤을 때 3점 차이면 승부가 결정됐다고 봐도 무방했기 때문이다.

"편하게 가자고."

비스트 포지의 사인을 받은 강동원이 바깥쪽에 살짝 걸치는 포심 패스트볼을 던졌다.

퍼엉!

묵직한 포구 소리가 경기장에 울렸다.

"스트라이크!"

구심이 요란스럽게 오른팔을 들어 올렸다.

전광판에 찍힌 구속은 무려 97mile/h(≒156.1㎞/h).

"크으."

패스트볼을 노리던 트레비스 얀키우스키의 입에서 낮은 신음이 흘러나왔다.

강동원은 2구째 바깥쪽으로 체인지업을 던졌다.

따악!

포심 패스트볼이라 여긴 트레비스 얀키우스키가 반사적으로 방망이를 내돌렸다.

딱!

방망이 끝에 걸린 타구가 힘을 잃은 채 투수와 3루수 사이로 굴러갔다.

"잡아야 해!"

투구를 마친 강동원이 몸을 돌려 공을 쫓았다. 그러자 3루수 에두아르 누네스가 달려들며 소리쳤다.

"강! 잡지 마! 내가 잡을게!"

강동원은 수비에 방해가 되지 않도록 홈 플레이트 쪽으로 방향을 꺾었다. 그사이 에두아르 누네스가 재빨리 공을 낚아챘다.

그런데 송구를 위해 들어 올린 공이 마지막 순간에 빙글 돌며 에두아르 누네스의 손을 빠져나가 버렸다.

"제길!"

에두아르 누네스가 다급히 공을 집어 들었다. 그사이 트레비스 얀키우스키는 무거운 몸뚱이를 이끌고 1루를 향해 전력으로 내달렸다.

에두아르 누네스가 다시 송구 동작을 취했을 때는 이미 던지지 말라는 1루수 브래드 벨트의 사인이 나온 뒤였다.

"후우……."

에두아르 누네스는 안타까운 얼굴로 하늘만 바라봤다.

"젠장!"

강동원도 짧게 욕지거리를 내뱉었다. 충분히 잡을 수 있었는데 너무나 허무하게 내야 안타를 허용한 것이었다.

"강! 미안해!"

에두아르 누네스는 곧바로 왼손을 들어 미안하다는 표정을 지어 보였다. 실책은 누구나 할 수 있는 것이지만 조금 전 타구 처리는 자신이 생각해 봐도 아쉽기만 했다.

강동원은 애써 미소 지으며 괜찮다고 했다. 그리고 마운드에 서서 크게 호흡을 내뱉었다.

"괜찮아, 강동원. 잊어버리자. 겨우 1루일 뿐이야."

강동원은 스스로에게 주문을 걸어 마음을 다잡았다. 그사이 파드리스 더그아웃이 분주해졌다. 처음으로 잡은 무사 1루의 기회였다. 이 기회를 살리지 못한다면 3점의 점수 차이를 만회하기 어려웠다.

파드리스 감독인 에디 그린 감독의 손이 빠르게 움직였다. 그러자 3루 코치 그린 호프만이 냉큼 타자에게 사인을 보냈다.

2번 타자 얀게르비스 솔라테가 작전을 받아들고 고개를 끄덕였다. 예상치 못한 안타로 강동원도 심리적으로 흔들릴 터. 잘만 하면 다득점의 기회를 만들지도 모른다고 여겼다.

하지만 비스트 포지는 파드리스의 계획대로 되도록 두고 볼 생각이 없었다.

"뭐야? 뻔하게 번트를 대려는 거야? 그걸로 되겠어? 겨우 한 점이잖아. 안 그래?"

비스트 포지가 비아냥거리듯 말했다. 그러자 얀게르비스 솔라테가 부리부리한 눈으로 비스트 포지를 노려보았다.

"왜 그래? 무섭게. 내가 틀린 말 한 건 아니잖아. 안 그래?"

"시끄러워, 포지."

"뭐야? 정말 번트를 대려던 거였어?"

"시끄럽다고 했지!"

"그래그래, 어디 마음대로 해보라고. 하하."

"크윽."

얀게르비스 솔라테가 질근 입술을 깨물었다. 현역 최고의 포수라는 명성답게 비스트 포지는 트래시 토크도 수준급이었다. 상대해 봐야 득 될 게 아무것도 없어 보였다.

그러나 상대를 하지 않는다고 해서 비스트 포지를 막을 수 있는 건 아니었다.

'결국 번트라 이거지.'

비스트 포지가 1루 주자를 슬쩍 확인했다. 트레비스 얀키우스키가 금방이라도 달릴 것처럼 1루 베이스에서 멀어진 모습이 눈에 들어왔다.

'웃기는군. 코끼리 같은 다리로 얼마나 뛰겠다고?'

비스트 포지는 신중히 사인을 보냈다.

초구는 몸 쪽 높은 코스의 포심 패스트볼이었다. 이 공 하나로 파드리스의 작전을 정확하게 확인해 볼 생각이었다.

강동원도 비스트 포지의 계획에 동참하며 고개를 끄덕였다.

"후우……."

길게 숨을 고른 뒤 강동원은 세트 포지션 상태에서 1루로 힐끔 눈길을 돌렸다. 그러자 트레비스 얀키우스키가 움찔하더니 1루 베이스 쪽으로 몸을 기울였다.

강동원은 눈길만으로 트레비스 얀키우스키를 1루에 묶어 두었다. 그리고 있는 힘껏 공을 던졌다.

후앗!

강동원의 손끝을 빠져 나간 공이 순식간에 비스트 포지의 미트에 파묻혔다.

전광판에 찍힌 구속은 무려 96mile/h(≒154.5㎞/h).

세트 포지션에서 던졌지만 포심 패스트볼에는 여전히 힘이 넘쳤다.

"젠장할!"

몸 쪽으로 날아드는 공에 반사적으로 몸을 빼냈던 얀게르비스 솔라테가 입술을 깨물었다. 다른 사인이 나왔으니 망정이지 번트를 대려 굴었다가 큰 봉변을 당할 뻔했다.

강동원이 공을 던지기가 무섭게 2루로 내달렸던 트레비스 얀키우스키도 재빨리 1루 베이스로 돌아왔다. 그러자 비스트 포지가 눈을 반짝였다.

'이 자식들…… 설마 히트 앤 런을 노리고 있는 건가?'

비스트 포지는 어렵지 않게 파드리스의 작전을 간파했다. 그래서 땅볼을 유도할 수 있는 공을 요구했다.

'2구는 체인지업. 바깥쪽으로 아슬아슬하게 넣으라고!'

강동원은 비스트 포지의 사인대로 공을 던졌다. 그러나 얀게르비스 솔라테는 방망이를 내밀지 않았다.

'이걸 참았다 이거지?'

비스트 포지는 3구째 바깥쪽으로 빠지는 포심 패스트볼을 요구했다. 스트라이크 존의 경계에 걸치는 공이 들어온다면 얀게르비스 솔라테도 방망이를 내돌릴 거라 여겼다.

퍼엉!

강동원의 손을 빠져 나간 공이 또다시 요란한 포구 소리를 만들어냈다.

95mile/h(≒152.9km/h).

제구에 신경 쓴 탓에 구속이 조금 낮아지긴 했지만 무브먼트만큼은 나무랄 데가 없었다.

얀게르비스 솔라테는 그저 멍하니 공을 지켜보기만 했다. 코스가 아슬아슬한 건 둘째 치고 포심 패스트볼의 타이밍을 제대로 잡지 못한 얼굴이었다.

하지만 다행히도 구심의 팔은 올라가지 않았다.

원 스트라이크 투 볼.

강동원-비스트 포지 배터리가 싸움을 주도하고 있는데도 볼카운트는 얀게르비스 솔라테에게 유리하게 변했다.

'그렇게 놔둘 수는 없지.'

비스트 포지는 4구째 몸 쪽에 붙는 포심 패스트볼을 요구했다.

후앗!

강동원의 손을 빠져 나간 공이 얀게르비스 솔라테의 몸 쪽을 파고들었다. 그 순간.

따악!

얀게르비스 솔라테의 방망이가 빠르게 돌아갔다.

하지만 강동원의 구위에 밀린 타구는 그대로 1루 파울 라인을 벗어나 버렸다.

투 스트라이크 투 볼.

볼카운트가 균형을 되찾은 가운데 강동원은 바깥쪽으로 떨어지는 체인지업을 던졌다. 2구 연속 포심 패스트볼을 봐야 했던 얀게르비스 솔라테의 타이밍을 빼앗기 위해서였다.

빠른 공에 눈이 현혹됐던 얀게르비스 솔라테는 체인지업에 속절없이 방망이를 내돌렸다.

딱!

얀게르비스 솔라테가 타격 동작에 들어가기가 무섭게 1루 주자 트레비스 얀키우스키가 스타트를 끊었다. 그사이 타구는 데굴데굴 굴러 3루로 향했다.

3루에 있던 에두아르 누네스는 침착하게 타구를 낚아채 1루로 송구했다. 2루로 던지기에는 늦었다고 판단한 것이었다.

무사 1루 상황이 1사 2루 상황으로 바뀌었다. 그리고 3번 타자 알렉스 디커슨이 타석에 들어섰다.

"좋아, 강동원. 이제 두 개 남았다."

세트 포지션 자세로 2루 주자를 견제한 뒤 강동원은 초구에 몸 쪽 포심 패스트볼을 꽂았다.

퍼엉!

묵직한 포구 소리가 경기장에 울려 퍼졌다. 스코어링 포지션에 주자가 나가 있었지만 강동원의 포심 패스트볼은 여전히 96mile/h(≒154.5㎞/h) 수준의 속도를 유지하고 있었다.

"좋았어! 이대로 쭉 가자고."

강동원이 겁먹지 않았다고 판단한 비스트 포지가 또다시 포심 패스트볼 사인을 냈다.

퍼엉!

강동원의 2구가 바깥쪽 스트라이크존을 날카롭게 파고들었다

"스트라이크!"

공 두 개로 투 스트라이크가 만들어졌다. 하지만 알렉스 디커슨은 좀처럼 방망이를 움직이지 않고 있었다.

'그렇다면…….'

강동원은 3구에서 승부를 보고 싶은 욕심이 들었다. 그러자 비스트 포지가 냉큼 고개를 흔들었다.

'아니야. 강, 이번 건 볼을 던져.'

강동원의 입가로 쓴웃음이 번졌다. 3번 타자이긴 하지만 알렉스 디커슨은 포심 패스트볼에 전혀 대응하지 못하고 있었다.

그러나 강동원은 이내 고개를 끄덕였다. 경험이 많은 비스트 포지의 의견에 따르는 게 낫다고 판단한 것이다.

"후우……."

잠시 숨을 고른 뒤 강동원이 비스트 포지의 미트를 향해 힘껏 공을 내던졌다.

후앗!

강동원의 손끝을 빠져 나간 공이 큰 포물선을 그리며 날아들었다.

'젠장, 커브라니!'

알렉스 디커슨은 내돌리려던 방망이를 재빨리 붙들었다. 커브에 속지 않기 위해 몸을 아예 뒤로 내빼버린 것이었다.

'역시, 빠른 공을 노리고 있을 줄 알았다.'

알렉스 디커슨의 움직임을 확인한 비스트 포지가 씩 웃었다. 그러고는 4구째 또다시 커브 사인을 냈다.

후앗!

강동원의 손끝을 빠져 나간 공이 또다시 큰 포물선을 그리며 날아들었다. 알렉스 디커슨은 질근 입술을 깨물며 방망이를 내돌렸다. 궤적상 공이 스트라이크존을 통과할 거라는 느낌이 든 것이다.

따악!

방망이 끝 부분에 걸린 타구가 높게 떠서 우측 파울 라인으로 날아갔다. 그러자 우익수 헌터 페이스 대신 3루수 에두아르 누네스가 빠르게 뛰어갔다.

'넘어가라! 넘어 가!'

알렉스 디커슨은 타구가 그대로 관중석으로 넘어가길 바랐다.

하지만 에두아르 누네스는 이번 기회에 조금 전 실수를 만회하고 싶었다. 그래서 관중석을 향해 힘껏 뛰어 올라 글러브를 뻗었다.

탁!

공과 글러브가 한곳에서 만났다. 그리고 잠시 후.

"크아아!"

에두아르 누네스가 글러브를 높이 들어 올려 보였다.

"젠장!"

다시 한번 기회가 오길 기다렸던 알렉스 디커슨이 있는 힘껏 땅을 박찼다. 그렇게 두 번째 아웃 카운트가 만들어졌다.

알렉스 디커슨을 대신해 4번 타자 윌 마이스가 천천히 타석으로 들어왔다.

스윽. 스윽.

윌 마이스가 느긋하게 타석을 골랐다. 그리고 날카로운 눈으로 강동원을 바라보았다.

하지만 강동원은 윌 마이스의 시선을 신경 쓰지 않았다. 대신 언제나처럼 든든하게 홈 플레이트를 지켜주고 있는 비스트 포지를 바라봤다.

비스트 포지도 망설이지 않고 손가락을 움직였다.

사인을 확인한 강동원이 단단히 고개를 끄덕였다. 그리고 투구판을 밟은 채로 슬쩍 2루를 바라봤다.

강동원과 눈이 마주치자 트레비스 얀키우스키가 냉큼 2루 베이스 쪽으로 걸음을 옮겼다. 2사 이후라고는 하지만 강동원의 견제구가 날아오지 말란 법은 없었다.

'견제를 못해서 안 하는 게 아니니까 까불지 말라고. 한 번 만 더 까불면 그 새하얀 유니폼을 더럽혀 줄 테니까.'

강동원이 트레비스 얀키우스키를 바라보며 씩 웃었다. 그러고는 곧장 비스트 포지의 미트를 향해 공을 내던졌다.

후앗!

강동원의 손끝을 빠져 나간 공이 홈 플레이트 바깥쪽을 파고들었다. 그러자 윌 마이스가 기다렸다는 듯이 방망이를 내돌렸다.

따악!

대기 타석에서 강동원의 포심 패스트볼 타이밍을 맞춘 듯 비교적 묵직한 타격음이 울려 퍼졌다.

하지만 정작 타구는 파울 라인을 벗어나 자이언츠 쪽 더그아웃으로 향했다. 더그아웃 난간에 나와 있던 자이언츠 선수들은 갑자기 날아온 공에 놀라 이리저리 피해 다녔다.

"뭐야, 저 멍청이는!"

"이 자식! 너 일부러 그런 거지!"

깜짝 놀란 자이언츠 선수들이 윌 마이스를 향해 야유를 퍼부었다.

하지만 4번 타자의 여유일까. 윌 마이스는 별로 신경을 쓰지 않는 눈치였다.

윌 마이스는 아무 일도 없었다는 듯 방망이로 스파이크를 툭툭 털어내고는 다시 타석에 들어섰다.

잠시 멈췄던 경기가 다시 재개됐다.

'이번 공은 여기로.'

비스트 포지는 또다시 바깥쪽으로 미트를 움직였다.

2루 주자를 다시 한번 견제한 뒤 강동원은 비스트 포지의 미트를 향해 힘껏 공을 내던졌다.

퍼엉!

묵직한 포구 소리가 또다시 경기장에 울려 퍼졌다.

전광판에 97mile/h(≒156.1㎞/h)이 찍힐 만큼 날카로운 포심 패스트볼이었다.

하지만 구심은 스트라이크를 잡아주지 않았다. 공 한 개 정도 바깥쪽으로 빠져 나갔다고 판단한 것이다.

후앗!

원 스트라이크 원 볼 상황에서 강동원은 3구째 몸 쪽 꽉 찬 커브를 던졌다.

그러나 이번에도 윌 마이스는 반응하지 않았다. 오히려 비스트 포지가 프레이밍을 통해 공을 스트라이크존으로 끌어들이려 애썼다.

하지만 이번에도 구심의 판정은 볼이었다.

'쳇, 이걸 안 잡아주다니.'

비스트 포지가 쓴웃음을 지었다. 그리고 윌 마이스를 힐끔 바라본 뒤 가랑이 사이로 손가락을 움직였다.

'자, 강! 이것으로 끝내자고!'

비스트 포지의 사인은 바깥쪽으로 휘어져 나가는 커브였다. 우타자인 윌 마이스의 방망이를 충분히 이끌어 낼 수 있는 공이었다.

사인을 확인한 강동원이 단단히 고개를 끄덕였다. 그리고 비스트 포지의 미트를 향해 힘껏 공을 던졌다.

후앗!

강동원의 손을 빠져 나간 공이 포물선을 그리며 바깥쪽으로 흘러갔다. 그러자 윌 마이스가 노리고 있었다는 듯 방망이를 내돌렸다.

따악!

둔탁한 소리와 함께 공이 쭉 하고 뻗어 나갔다.

"……!"

강동원이 반사적으로 고개를 돌렸다. 타구는 순식간에 좌익수와 중견수 사이로 멀어지고 있었다.

그사이 트레비스 얀키우스키가 빠른 발을 이용해 2루를 돌고 3루로 내달렸다. 그 기세라면 순식간에 홈까지 들어올 것 같았다.

"제길. 조금 더 뺐어야 했는데."

강동원은 질근 입술을 깨물었다.

조금 더 확실한 볼을 던졌다면 맞지 않았을 텐데.

살짝 욕심을 낸 게 윌 마이스의 방망이에 걸린 것 같았다.

하지만 실망하기에는 일렀다. 관중석에서 환호가 울려 퍼진 것이다.

"강! 뭐해? 공수 교대야, 어서 내려가자고."

1루수 브래드 벨트가 강동원에게 소리쳤다. 강동원은 어리둥절한 표정으로 전광판을 확인했다. 전광판 화면으로 방금 전 플레이가 반복 재생되고 있었다.

–아르헨 파건! 대단합니다! 저걸 잡아내네요.

–스타트가 좋았죠. 게다가 타구가 생각만큼 멀리 뻗어 나가질 못했습니다.

–그만큼 강동원의 커브가 좋았다는 이야기겠죠.

–어쨌든 아르헨 파건! 강동원을 실점 위기에서 구해냅니다.

"와우, 파건이 저걸 잡은 거야?"

강동원도 환호성을 질러댔다. 그러고는 더그아웃으로 내려오는 아르헨 파건을 향해 글러브를 내밀었다.

"뭘 이 정도로."

아르헨 파건이 피식 웃으며 자신의 글러브를 부딪쳤다.

"고마워, 파건."

"고맙긴. 수비는 걱정 말고 지금처럼만 던지라고, 강."

강동원은 한결 든든한 마음으로 마운드를 내려왔다. 그리고 더그아웃에서 수건을 들었다.

아르헨 파건의 호수비가 아니었다면 한 점을 내줬을지도 모른다는 생각 때문일까. 갑자기 땀이 비 오듯 쏟아지고 있었다.

"후와, 날씨는 추운데 땀이 엄청 나네."

강동원이 얼굴을 억세게 문지르며 점수판을 올려다보았다.

"3 대 0……."

강동원의 입가로 미소가 걸렸다. 4회까지 파드리스를 상대로 단 한 점도 내주지 않았다는 사실이 뿌듯하기만 했다.

강동원이 땀을 닦으며 생각을 정리하는 동안 4회 말 자이언츠의 공격이 시작됐다.

폴 클레멘트는 마운드에 오르자마자 인상을 구겨댔다. 강동원의 호투에 신경이 날카로워졌는데 데런 바셀리 투수 코치의 잔소리까지 들어야 했기 때문이다.

'빌어먹을…….'

폴 클레멘트가 신경질적으로 마운드를 골랐다. 하지만 데런 바셀리 코치도 괜히 잔소리를 한 게 아니었다.

3회까지 폴 클레멘트의 현재 투구 수는 59구였다. 이닝당 19.7구였다. 평소 이닝당 16구 전후를 던지는 것보다 10개나 많은 공을 던지고 있었다.

파드리스 구단에서 정한 폴 클레멘트의 한계 투구 수는 90구 정도였다. 물론 메이저리그 선발 투수이니 100구 이상도 던질 수는 있었다. 하지만 폴 클레멘트는 한계 수 이상 던지면 피안타율이 급증하는 고질병을 가지고 있었다.

한계 투구 수까지 남은 투구 수는 고작 31구에 불과했다. 체력적인 문제로 구속이 떨어지는 것까지 감안하면 20구 이후부터는 불안해질 수밖에 없었다.

선발 투수로서 최소 절반의 이닝은 책임져야 하는데, 이런 상태라면 앞으로 얼마나 더 던질 수 있을지 장담하기 힘들어 보였다.

"폴! 자네 실력을 못 믿는 건 아니지만, 선발로 나선 이상 5회까진 버텨보자고!"

"알고 있어요."

"알고 있다면 제발 투구 수 관리 좀 해. 무슨 말인지 알고 있겠지?"

"알았다고요."

폴 클레멘트는 건성으로 고개를 주억거렸다. 투구 수가 많은 건 그 역시도 잘 알고 있었다.

하지만 데런 바셀리 코치의 말은 거기서 끝나지 않았다.

"저기 루키도 저만큼 던지는데, 자네도 최소한 저 정도는 던져 줘야지."

데런 바셀리 코치가 강동원을 가리키며 말했다.

"이봐요, 코치님!"

폴 클레멘트는 데런 바셀리 코치가 강동원과 자신을 비교하자 남아 있던 자존심이 상했다. 제아무리 투수 코치라지만 해도 되는 이야기가 있고 해서는 안 되는 이야기가 있는 법이었다.

폴 클레멘트가 흥분하자 데런 바셀리 코치는 헛기침을 한 뒤 더그아웃으로 몸을 돌려 버렸다. 가볍게 충격요법만 주려고 했는데 본의 아니게 폴 클레멘트의 자존심을 건드리고 만 것이다.

하지만 데런 바셀리 코치는 자신의 방법이 틀렸다고 생각하지 않았다.

'자존심을 회복하기 위해서라도 이번에는 제대로 던지겠지.'

데런 바셀리 코치가 기대 어린 눈으로 폴 클레멘트를 바라봤다.

그러나 정작 폴 클레멘트는 속이 부글부글 끓어오른 상태였다.

"젠장, 빌어먹을! 감히 나를 저딴 애송이와 비교하다니……."

폴 클레멘트의 날선 시선이 타석으로 향했다. 타석에는 6

번 타자 브래드 크로포트가 방망이를 들고 있었다.

'젠자아앙!'

폴 클레멘트는 이를 악물고 초구를 던졌다. 하지만 공은 크게 빗나가며 볼이 됐다.

'폴! 또 왜 그러는 거야? 흥분하지 말라고!'

포수 크리스티안 베탄코스가 미트를 두드리며 폴 클레멘트를 다독였다. 그리고 2구째 바깥쪽으로 흘러 나가는 체인지업을 요구했다.

물론 원하는 건 스트라이크가 아닌 볼이었다. 유리한 볼카운트에서 적극적으로 방망이를 내돌리는 브래드 크로포트를 상대로 굳이 스트라이크를 던질 필요는 없다고 여겼다.

그러나 폴 클레멘트의 제구력은 이번에도 말썽이었다. 바깥쪽으로 던진다는 공이 스트라이크존으로 상당히 몰려서 들어간 것이다.

그리고 그 공을 브래드 크로포트는 놓치지 않고 잡아당겼다.

따악!

시원한 타격음과 함께 타구가 우익수 방면으로 쭉쭉 뻗어 나갔다.

"빌어먹을!"

폴 클레멘트가 반사적으로 욕지거리를 내뱉었다. 느낌 상

타구가 담장을 넘어갈 것만 같았다.

하지만 브래드 크로포트가 조급했던 것일까. 우익선상을 따라 날아가던 타구가 이내 폴대 바깥쪽으로 벗어나 버렸다.

"후우……."

폴 클레멘트가 허리를 숙인 채 안도의 한숨을 내쉬었다. 가뜩이나 제구도 되지 않은 상황이었다. 여기서 안타라도 맞았다간 완전히 무너질 수밖에 없었다.

"정신 차리자. 버텨야 해."

폴 클레멘트는 흔들리는 마음을 다잡기 위해 애를 썼다. 하지만 한 번 흔들린 제구력은 좀처럼 돌아오지 않았다.

퍼엉!

3구째 투심 패스트볼은 바깥쪽으로 완전히 빠져 버렸다.

4구째 바깥쪽으로 회심의 커브를 던져 넣었지만 그 역시 크게 벗어나며 볼이 되었다.

볼카운트가 원 스트라이크 쓰리 볼로 몰리자 크리스티안 베탄코스가 안 되겠다 싶었는지 몸 쪽 공을 요구했다. 코너웍이 어렵다면 차라리 한복판에 던지듯 구속과 구위로 승부하는 편이 나을 것 같았다.

"빌어먹을."

사인을 확인한 폴 클레멘트가 질근 입술을 깨물었다. 그러고는 크리스티안 베탄코스의 미트를 향해 힘껏 공을 던졌다.

후앗!

폴 클레멘트의 손끝을 빠져 나간 공이 크리스티안 베탄코스의 요구보다 훨씬 높게 날아들었다.

"젠장!"

크리스티안 베탄코스가 이를 악물며 공을 억눌러 봤지만 구심은 눈 하나 까딱하지 않았다.

브래드 크로포트는 회심의 미소를 지으며 볼넷으로 출루했다.

"미치겠네."

폴 클레멘트는 고개를 흔들었다. 마음은 충분히 진정시킨 것 같은데 공을 던질 때마다 자꾸만 어깨에 힘이 들어갔다.

'맞지 않겠다는 생각이 너무 강해.'

투구를 지켜보던 강동원은 어렵지 않게 폴 클레멘트의 상태를 알아챘다. 최대한 빨리 이닝을 끝내겠다는 욕심이 지나쳐 자꾸 무리를 해서 공을 던지고 있었다.

폴 클레멘트도 자신의 문제를 알았던지 마운드를 내려가 어깨를 돌리며 들뜬 몸을 진정시켰다. 그러는 사이, 파드리스의 에디 그린 감독은 깊은 한숨을 내쉬고 있었다.

"뭐야, 갑자기 왜 저래? 벌써 바꿀 때가 된 거야?"

"일단은 좀 더 지켜보시죠. 이제 막 4회 시작입니다……."

"젠장할!"

에디 그린 감독이 질근 입술을 깨물었다. 점수 차이가 조금 더 벌어졌다면 과감하게 투수를 바꿨겠지만 3점 차이었다. 이제 경기 중반이니 조금 더 선발 투수를 끌고 가는 게 당연했다.

하지만 그렇다고 해서 폴 클레멘트가 더 점수를 내주길 기다리기도 어려운 상황이었다.

“더는 불안해서 못 보겠어. 불펜 가동해.”

“알겠습니다.”

에디 그린 감독이 딱 잘라 말하자, 막스 맥과이어 벤치 코치가 곧바로 수화기를 들었다. 그 모습이 더그아웃으로 시선을 돌린 폴 클레멘트의 시야에 잡혔다.

‘벌써부터 불펜에 전화질이야?’

폴 클레멘트의 얼굴이 와락 일그러졌다. 5회나 6회도 아니고 이제 4회가 시작됐는데 불펜을 동원하다니. 이건 자신을 믿지 못하겠다는 말이나 다름없었다.

‘젠장, 젠장, 빌어먹을, 제기랄!’

폴 클레멘트는 신경질적으로 로진백을 내던졌다. 자칫 잘못했다가는 5이닝도 못 채우고 쫓겨날 판이었다.

“그렇겐 안 되지, 절대 안 된다고!”

폴 클레멘트가 질근 입술을 깨물었다. 그리고 새로 타석에 들어선 7번 타자 에두아르 누네스를 상대로 자신의 실력을 마음껏 발휘했다.

퍼엉!

몸 쪽에 붙인 투심 패스트볼이 날카롭게 스트라이크존을 통과했다. 구심도 이견이 없었던지 오랜만에 오른팔을 들어 올렸다.

초구 스트라이크를 잡은 폴 클레멘트는 2구째 몸 쪽 낮게 체인지업을 던져 에두아르 누네스의 헛스윙을 이끌어 냈다. 스트라이크존 낮은 쪽으로 날아들다 마지막 순간에 뚝 떨어지는 공 앞에 에두아르 누네스도 속절없이 당하고 말았다.

3구는 다시 몸 쪽을 파고드는 투심 패스트볼.

"크윽!"

에두아르 누네스는 거의 반사적으로 방망이를 돌려 파울 타구를 만들어냈다. 그러고는 살짝 질린 얼굴로 타석 밖으로 벗어났다.

'뭐야, 저 자식. 갑자기 왜 저러는 거야?'

에두아르 누네스는 확 달라진 폴 클레멘트가 다시 보였다. 잠깐 사이에 얼마나 대단한 다짐을 했는지는 모르겠지만 이대로 가다간 영락없이 삼진으로 물러날 것만 같았다.

에두아르 누네스가 애써 마음을 다잡고 타석에 들어섰다. 그 순간.

후앗!

폴 클레멘트가 몸 쪽으로 커브를 붙여 넣었다.

초구와 2구, 3구 전부 빠른 계열의 공이었으니 느린 커브를 던지면 타이밍을 빼앗을 수 있을 거라 판단한 것이다.

하지만 에두아르 누네스도 넋 놓고 지켜보지만은 않았다.

"어딜!"

살짝 허리를 지연시켜 어떻게든 공을 맞추기 위해 애를 썼다.

퍽!

방망이 끝 부분에 걸린 공이 크리스티안 베탄코스의 가랑이 사이를 빠져 나갔다.

"쳇."

크리스티안 베탄코스가 구심에게 새 공을 받아 폴 클레멘트에게 돌려주었다. 폴 클레멘트는 1루를 힐끔 돌려본 뒤 곧바로 크리스티안 베탄코스의 미트를 향해 공을 내던졌다.

후앗!

폴 클레멘트의 손끝을 빠져 나간 공이 바깥쪽으로 날아들었다. 평소 거의 던지지 않던, 직선에 가까운 포심 패스트볼이었다.

투심 패스트볼의 움직임을 머릿속에 그렸던 에두아르 누네스가 방망이를 헛돌렸다.

"스트라이크 아웃!"

구심은 망설이지 않고 삼진을 선언했다.

–아아, 폴 클레멘트 선수! 에두아르 누네스를 헛스윙 삼진을 얻어냅니다!

–비스트 포지에게 홈런을 내주고 많이 흔들리는 모습이 었는데요. 다시 제구가 좋아진 느낌입니다.

중계진의 칭찬 속에 폴 클레멘트는 8번 타자 조 패인을 상대했다.

퍼엉!

폴 클레멘트는 조 패인에게 초구 몸 쪽 패스트볼을 던졌다. 조 패인의 방망이가 움찔했지만 돌아가진 않았다.

퍼억!

2구째는 바깥쪽 낮게 깔리는 커브가 날아들었다. 그러나 조 패인은 이번에도 가만히 지켜보기만 했다.

'뭐야?'

폴 클레멘트가 미간을 찌푸렸다. 패스트볼에 이어 커브를 던졌는데도 반응이 없으니 조 패인의 노림수가 읽히질 않았다.

'좋아. 그렇다면…….'

폴 클레멘트는 3구째 바깥쪽을 파고드는 투심 패스트볼을 던졌다.

퍼엉!

공은 한복판을 지나 도망치듯 바깥쪽으로 빠져 나갔다. 그야말로 기가 막힌 움직임이었다.

하지만 코스가 낮았다. 포수 크리스티안 베탄코스가 미트를 살짝 들어 올렸으나 주심의 손은 올라가지 않았다.

순간 폴 클레멘트가 두 팔을 양쪽으로 벌리며 이게 왜 볼이냐는 제스처를 취했다. 포수 크리스티안 베탄코스도 몸을 일으켜 주심에게 항의했다.

"이 정도는 잡아줄 수 있잖아요?"

"아니야, 낮았어."

"낮았다고요? 이게요?"

"프레이밍 했잖아."

"안 했어요. 그리고 이게 무슨 프레이밍이에요?"

"시끄러워. 누굴 바보로 아는 거야?"

"아니라니까요!"

"경고야. 계속 그런 식으로 쓸데없이 시비 걸면 퇴장시킬 거야. 알아들어?"

구심이 단호한 목소리로 말했다. 눈빛을 보아하니 더 이상의 실랑이는 용납하지 않을 것 같았다.

"크윽!"

크리스티안 베탄코스도 살짝 인상을 쓰며 자리에 앉았다. 그러고는 몸 쪽 꽉 찬 코스로 사인을 보냈다.

후앗!

폴 클레멘트는 크리스티안 베탄코스의 미트를 향해 빠르게 공을 내던졌다.

퍼엉!

좌타자인 조 패인의 몸 쪽을 파고들 듯 날아들던 공이 마지막 순간 방향을 바꾸어 미트 속에 파묻혔다. 투심 패스트볼을 강하게 던졌다.

이 정도면 스트라이크를 줘야 했다. 하지만 구심은 스트라이크를 선언하지 않았다. 공이 깊었다며 볼을 외쳤다. 구심인 자신에게 따진 것에 대한 일종의 보복이었다.

'젠장할!'

크리스티안 베탄코스가 질근 입술을 깨물었다. 이렇게 된 이상 구심이 트집 잡지 못할 공을 던져야 했다.

크리스티안 베탄코스는 아예 사인도 주지 않고 한복판에 미트를 올렸다.

폴 클레멘트도 이를 악물고 힘껏 공을 던졌다.

후앗!

공은 타자의 가슴 위치보다 살짝 낮게 날아갔다. 스트라이크를 던져야 한다는 부담 때문에 또다시 어깨에 힘이 들어간 것이다.

그런데 조 패인이 방망이를 내돌렸다. 그리고 그 방망이가 허공을 갈랐다.

"후우……!"

기사회생한 폴 클레멘트가 가슴을 쓸어내렸다. 조 패인 덕분에 다시 한번 공을 던질 기회가 생겼다.

"좋아. 괜찮아, 정신만 바짝 차리면 잡을 수 있어."

한참 동안 숨을 고른 뒤 폴 클레멘트는 6구째 투심 패스트볼을 몸 쪽에 붙여 넣었다. 하지만.

따악!

조 패인은 재빨리 타구를 잡아당겨 파울을 만들어냈다. 뒤이어 7구째 절묘하게 떨어지는 체인지업도 걷어내고 8구째 바깥쪽으로 흘러들어오던 커브까지 건드려 파울을 만들어냈다.

'젠장할!'

폴 클레멘트의 얼굴에 짜증이 번졌다. 자신이 사용하는 거의 모든 구종을 던졌는데도 조 패인을 잡아내지 못했다.

'젠장! 그만 버티고 죽으라고!'

폴 클레멘트는 속으로 욕지거리를 내뱉으며 9구를 내던졌다.

후앗!

폴 클레멘트의 손을 빠져 나간 공이 조 패인을 윽박지르듯 몸 쪽을 파고들다가 마지막 순간에 방향을 바꾸어 스트라이크존에 걸쳐 들어왔다.

폴 클레멘트는 당연히 스트라이크라 여기고 주먹을 불끈 쥐었다.

"좋았어!"

크리스티안 베탄코스 또한 같은 생각이었다.

그러나 정작 구심의 손은 올라가지 않았다. 아까의 판정 시비 때문인지 몰라도 고개를 가로젓는 모습이었다.

"이런, 젠장할!"

폴 클레멘트가 욕지거리를 내뱉었다. 그사이 조 패인은 방망이를 내려놓고 유유히 1루로 걸어갔다.

그 모습을 지켜보던 에디 그린 감독이 또다시 한숨을 내쉬었다.

"하아……. 미치겠군!"

에디 그린 감독은 관자놀이를 꾹꾹 눌러댔다. 폴 클레멘트가 아웃 카운트 하나 잡는 동안 무려 19개의 공을 던졌으니 머리가 아프지 않을 수가 없었다.

"저 친구, 현재 투구 수가 몇 개야."

그러자 옆에 있던 막스 맥과이어 벤치 코치가 말했다.

"78구 정도 됐을 겁니다."

"뭐? 이제 겨우 4회잖아. 관리를 어떻게 하는 거야 대체?"

"그게, 주의는 줬는데……. 죄송합니다."

"됐고, 불펜 대기는 얼마나 걸리나?"

"확인해 보겠습니다."

막스 맥과이어가 곧바로 불펜에 전화를 넣었다. 그러고는 굳은 얼굴로 다가왔다.

"몸을 풀고 있어서 5분 정도 필요하다고 합니다."

"뭐? 아직도 5분이나?"

에디 그린 감독은 다음 타자를 확인했다. 다행히도 다음 타자는 투수 강동원이었다.

"일단은 투수까지 맡겨보시죠. 클레멘트도 그 정도는 막을 수 있을 겁니다."

"후우…… 좋아. 일단은 그렇게 하지."

에디 그린 감독의 시선이 타석에 들어서려는 강동원에게 향했다.

그런데 그때 더그아웃에서 브루스 보체 감독이 나왔다.

"강!"

갑작스러운 브루스 보체 감독의 호명에 강동원이 놀란 눈으로 고개를 돌렸다. 그러자 브루스 보체 감독이 걱정하지 말라며 씩 웃어 보였다.

"교체하는 거 아니니까 놀라지 말라고."

"아, 네."

"다음 타석은 1번부터 다시 시작될 거야. 자네가 번트라도 성공시키면 더할 나위 없이 좋겠지……."

"그렇죠."

"하지만 강, 무리해서 번트 댈 필요 없어."

"……?"

"설사 더블플레이가 나와도, 삼진을 먹어도 상관없어. 좋은 공이 왔다 하면 맘껏 휘두르라고! 그 말을 해주고 싶었어."

"정말 그래도 되는 겁니까?"

강동원은 고개를 갸웃하며 다시금 물었다.

"당연하지! 자네는 앞으로도 선발 로테이션을 꾸준히 소화할 몸이잖나, 타석에 설 기회도 점점 많아질 거고 말이야."

"네."

"그렇다면 지금이라도 날카로운 모습을 보여줄 필요가 있다고 보네. 그래야 자넬 투수라고 우습게 여기는 일이 없지. 알아들었나?"

"아, 알겠습니다."

강동원이 반사적으로 고개를 주억거렸다. 생각해 보니 자신이 상대했던 투수도 대부분 최선을 다해 방망이를 휘둘러왔었다.

'어쩐지 아웃 하나에도 목숨을 걸더라니…….'

강동원은 그저 그것이 욕심이라고만 여겼다. 그런데 브루스 보체 감독의 말을 듣고 보니 생각이 달라졌다.

'투수도 방망이를 든 순간엔 타자나 다름없어. 그렇다면 최선을 다하는 게 정석이겠지.'

강동원은 브루스 보체 감독의 말을 가슴 깊이 새겨두었다.

"작전 따윈 없어, 저들은 내가 거창한 작전이라도 짜는 줄 알 거야. 하지만, 내 작전은 어렵지 않다고. 마음에 드는 공이 나올 때까지 기다린다. 들어오면 때린다! 간단하지?"

"넵! 알겠습니다."

"좋아! 가서 한 방 날리라고!"

브루스 보체 감독이 강동원의 어깨를 두드렸다. 강동원은 헬멧을 꾸욱 눌러쓰고는 타석으로 향했다.

31장
승리를 향해 II

중계진은 이를 두고 다양한 이야기가 오갔다.

–1아웃 주자 1, 2루. 타석에는 투수 강동원이 들어섰습니다.

–강동원 첫 타석 때는 삼진으로 물러났습니다. 두 번째 타석에서는 달라질 수 있을지 지켜보겠습니다.

–하지만 데이터만 놓고 봤을 때 좋은 결과를 기대하긴 어려울 것 같습니다.

–어떤가요?

–10타수 1안타입니다.

–10타수 1안타라. 끔찍하네요. 투수는 몰라도 타격에는

그리 재능이 없는 것 같습니다.

–그렇다면 브루스 보체 감독이 오랫동안 강동원을 붙잡고 있었던 이유는 뭘까요.

–글쎄요. 아마도 이런 상황이라면 번트를 요구하지 않았을까 싶습니다. 번트에도 나름대로 주의해야 할 점이 있으니까요. 기습 번트는 정확도가 떨어지니까 최대한 공을 마주보고 침착하게 방망이를 가져다 대라고 알려줬겠죠.

–그렇다면 강공은 없다는 이야기로군요.

–제가 감독이라면 당연히 그럴 겁니다. 지금 상황에서는 번트로 주자들을 진루시키는 게 정답입니다. 섣불리 공을 건드렸다가는 더블플레이가 나올지도 모르니까요.

포수 크리스티안 베탄코스도 내심 강동원이 번트를 대주길 바랐다. 또다시 삼진을 당해줘도 상관없었다. 어떻게든 두 번째 아웃 카운트를 잡아낸 뒤 폴 클레멘트를 교체하는 것이 좋은 선택이라 여겼다.

하지만 폴 클레멘트의 생각은 달랐다.

'드디어 올라왔구나, 발칙한 옐로 몽키. 네놈만 잡으면 돼!'

폴 클레멘트가 강동원을 잡아먹을 듯이 노려봤다. 마음 같아선 강동원을 3구 삼진으로 돌려세우고 싶었다.

하지만 그랬다간 까다로운 1번 타자 다나드 스팬을 상대해야 했다.

폴 클레멘트는 힐끔 더그아웃 쪽으로 고개를 돌렸다. 에디 그린 감독이 막스 맥과이어 벤치 코치, 데런 바셀리 투수 코치와 얘기를 나누고 있는 것이 보였다.

"쳇!"

폴 클레멘트는 분명 자신의 교체 건에 대해 말이 오가고 있을 것이라 여겼다. 그리고 그 대화를 중단시키기 위해서는 강동원을 치게 만드는 것이 최고의 선택이라고 생각했다.

"그래, 어차피 때려봐야 땅볼이야. 맞춰 잡자!"

폴 클레멘트는 생각을 정리하고 사인을 받기 위해 포수 크리스티안 베탄코스를 쳐다봤다.

그런데 크리스티안 베탄코스가 손가락을 여러 개 펼치며 변화구를 요구했다. 맞혀 잡기보다는 강동원의 헛스윙을 유도하는 볼 배합이었다.

'아니야, 그러지마 베탄코스. 내 생각도 좀 해주라고.'

폴 클레멘트가 고개를 흔들었다. 그러나 크리스티안 베탄코스는 계속해서 변화구와 커브를 요구했다.

그러자 폴 클레멘트도 지지 않고 고개를 가로저었다. 그렇게 몇 차례 보이지 않는 신경전이 오가고서야 크리스티안 베탄코스가 마지못해 투심 패스트볼 사인을 냈다.

"그래, 그래야지."

폴 클레멘트는 고개를 끄덕였다. 그리고 가볍게 왼 다리를 들어 올린 뒤 강동원의 몸 쪽으로 투심 패스트볼을 꽂아 넣었다.

후앗!

폴 클레멘트의 손끝을 빠져나온 공이 곧장 몸 쪽을 파고들었다. 강동원은 깜짝 놀라며 허리를 뒤로 뺐다. 그러나 공은 스트라이크존에 걸쳐 들어왔다.

"스트라이크!"

잠시 망설이던 구심이 오른팔을 들어 올렸다.

"후우……."

강동원은 길게 한숨을 내쉬었다. 빠르긴 했지만 코스만 놓고 보자면 때려내지 못할 정도는 아니었다.

'좋아, 이 정도 공이라면 한 번 해볼 만하겠어.'

강동원이 고개를 끄덕이며 다시 방망이를 들어 올렸다. 그러자 곧장 2구째 공이 날아들었다.

이번에는 바깥쪽으로 빠른 공이었다.

펑!

"스트라이크!"

묵직한 포구 소리와 구심의 콜이 동시에 울렸다.

'이번에도 살짝 가운데로 몰린 느낌인데.'

강동원은 잠시 타석에서 벗어났다. 3구째 유인구가 들어

올지, 아니면 또다시 투심 패스트볼이 들어올지 확신하긴 어렵지만 3구째만큼은 방망이를 힘차게 내돌리고 싶어졌다.

"후우-!"

강동원이 숨을 고르며 더그아웃을 힐끔거렸다. 그러자 메디슨 범가드너의 매서운 눈빛과 마주쳤다.

'강! 지금 뭐하고 있어! 방망이는 폼으로 들고 있는 게 아니라고!'

말을 하진 않았지만 메디슨 범가드너의 속마음이 고스란히 전해졌다.

강동원은 쓴웃음을 지은 뒤 눈을 돌렸다. 이번엔 브루스 보체 감독이 눈에 들어왔다. 브루스 보체 감독은 걱정할 것 없다며 손뼉을 두드려 주었다.

다른 선수들도 마찬가지였다. 힘내라며 큰 목소리로 강동원을 독려해 주었다.

"강! 괜찮아!"

"힘내, 할 수 있어!"

"그냥 부담 없이 휘두르고 와!"

강동원은 고개를 끄덕였다. 그리고 몸을 돌려 다시 타석에 들어섰다.

'흠, 일단 투 스트라이크까진 잡았으니까…….'

크리스티안 베탄코스는 곧장 변화구를 요구했다. 투심 패스트볼로 타이밍을 빼앗았으니 변화구로 삼진을 잡는 게 최선처럼 보였다.

그런데 이번에도 폴 클레멘트는 고개를 가로저었다.

'저 녀석이, 진짜?'

크리스티안 베탄코스는 끝내 참지 못하고 자리에서 일어났다.

"타임!"

포수 크리스티안 베탄코스는 그대로 마스크를 벗고 마운드로 향했다.

"지금 뭐하자는 거야? 왜 자꾸만 사인을 거절하는 건데?"

"맘에 들지 않는 사인을 내니까 그렇지."

"그럼, 이번에도 빠른 공으로 가잔 얘기야?"

"그래!"

"아니야, 그건 안 돼. 저 녀석이 투수라곤 하지만 그러다 안타라도 나오면……."

"아니, 절대 못 쳐! 저 녀석의 작년 타율은 알고 있잖아. 게다가 첫 타석에선 방망이도 휘둘러 보지 못하고 내려갔다고."

"그건 그렇지만……."

크리스티안 베탄코스는 잠시 고민을 하더니 끝내 고개를 끄덕였다.

"후우……. 그래, 좋아. 대신 공은 좀 제대로 던져. 계속 몰리잖아."

"걱정 말고 잘 받기나 하라고."

크리스티안 베탄코스는 결국 폴 클레멘트의 고집을 꺾지 못하고 자리로 돌아왔다. 그리고 폴 클레멘트가 원하는 대로 패스트볼 사인을 보냈다.

폴 클레멘트가 피식 웃으며 고개를 끄덕였다. 뒤이어 1루와 2루 주자를 눈으로 견제한 뒤 힘껏 공을 던졌다.

'코스 따윈 상관없어. 어차피 이 자식은 못 칠 테니까!'

폴 클레멘트의 머릿속에 요란스럽게 헛스윙을 해대는 강동원의 모습이 그려졌다.

하지만 그 상상은.

따앙-!

맑고 경쾌한 타격음과 함께 와장창 깨져 버렸다.

이를 악물고 있는 힘껏 방망이를 내돌렸던 강동원도 멍한 표정이었다.

"때, 때린 건가?"

공을 때렸다면 뭔가 통증이 있게 마련인데, 강동원의 손에는 아무런 감각도 남아 있지 않았다. 그냥 허공을 휘둘러 댄 느낌이었다.

"뭐지?"

그는 서둘러 포수 쪽을 확인했다. 하지만 포수의 미트 속에도 공은 존재하지 않았다. 오히려 크리스티안 베탄코스는 자리에서 일어나 허공을 바라보고 있었다.

"응?"

크리스티안 베탄코스를 따라 강동원도 외야 쪽으로 눈을 돌렸다. 바로 그 순간.

"와아아아아아!"

경기장 곳곳에서 뜨거운 함성이 터져 나왔다.

–큽니다! 쭉쭉 뻗어 나갑니다!

–이거…… 넘어갈 것 같은데요?

중계석에서도 덩달아 호들갑이 터져 나왔다. 좌익수 알렉스 디커슨이 부지런히 타구를 쫓고 있는데도 벌써부터 홈런을 운운했다.

대기 타석에 있던 1번 다나드 스팬도 강동원을 향해 소리쳤다.

"강! 뭐하는 거야! 어서 뛰어!"

"아, 뛰어야지. 참."

강동원은 아직도 하늘 높이 떠 있는 공을 바라보며 1루로 열심히 달렸다. 그리고 1루 베이스에 막 도착하려던 찰나, 존 워싱턴 1루 코치가 강동원에게 주먹을 내밀었다.

"미스터 강, 축하한다, 멋진 홈런이야!"

'응? 잠깐만, 그게 홈런이었다고?'

강동원이 다시 하늘로 고개를 들었다. 하지만 공은 이미 사라져서 보이지 않았다. 그저 고개를 절레절레 흔들어 대는 좌익수 알렉스 디커슨의 모습만 보였다.

'진짜 홈런이야? 내가 친 게?'

강동원은 아직도 어리둥절한 표정이었다. 이럴 땐 보통 뛸 듯이 기뻐해야 하는 게 정상이었지만 도저히 믿어지지가 않았다.

'뭐지 이거? 설마 몰래 카메라 같은 건 아니겠지?'

강동원은 저도 모르게 웃음을 터뜨리며 2루를 돌았다. 메이저리그에서 루키인 자신을 상대로 이런 대형 이벤트를 준비했을 것 같지는 않았다.

'그러니까…… 내가 정말 홈런을 쳤단 말이지?'

강동원이 시선을 돌렸다. 앞서 나가 있던 주자들은 일찌감치 홈을 밟은 뒤였다.

"크흐흐!"

강동원도 천천히 3루를 돌아 홈 플레이트를 밟았다. 그러자 브래드 크로포트와 조 패인이 기다렸다는 듯이 강동원의 헬멧을 마구 두들겨 댔다.

"강! 정말 잘했어!"

"잘했어! 최고였다고!"

강동원은 해맑게 웃고는 더그아웃으로 향했다. 그러자 제일 먼저 브루스 보체 감독이 주먹을 내밀었다.

"나이스, 강!"

엉덩이가 무겁기로 유명한 에이스 메디슨 범가드너도 슬그머니 앞쪽으로 걸어 나왔다.

"거봐, 타격 별거 아니잖아. 안 그래?"

강동원의 홈런 한 방에 자이언츠의 더그아웃은 화기애애하게 변했다. 강동원은 그제야 자신이 진짜로 홈런을 때려냈다는 게 실감이 났다.

'진짜 내가 홈런을 치다니.'

강동원은 자신의 두 손을 내려다봤다. 설마하니 이런 상황에 첫 홈런이 나올 줄은 상상도 하지 못했다.

그때였다.

"걱정하지 마, 강. 네 첫 홈런 공은 구단에서 되찾아줄 테니까."

비스트 포지가 옆자리에 다가와 앉았다.

"응? 전 그냥 꿈인가 했던 건데요."

"하하하! 그랬어? 난 또. 별걱정을 다 했네. 아무튼 멋진 홈런이었어."

비스트 포지가 주먹을 내밀었다.

강동원도 씩 웃으며 주먹을 가져다 댔다.

그렇게 점수는 6 대 0이 되었다.

2

폴 클레멘트는 강동원에게 홈런을 얻어맞고 반쯤 넋이 나가 버렸다.

에디 그린 감독은 그런 폴 클레멘트를 더 이상 두고 볼 수 없다고 판단했다. 그래서 직접 자리에서 일어나 마운드로 향했다.

모든 게 끝났다고 생각했던지 폴 클레멘트는 자신의 실투를 인정했다. 다가온 크리스티안 베탄코스에게 사과의 말을 건넸다.

"하, 고집 부려서 미안하다. 내가 너무 자만했나 봐……."

"아니야. 넌 최선을 다해 공을 던졌을 뿐이야."

폴 클레멘트가 미소를 지으며 고개를 끄덕였다. 그사이 마운드에 올라온 에디 그린 감독이 폴 클레멘트의 손에서 공을 받아 들었다.

"고생했어, 폴!"

폴 클레멘트는 그대로 몸을 돌려 마운드를 내려갔다.

더그아웃으로 향하는 그의 뒷모습은 무척이나 쓸쓸해 보

였다.

파드리스는 곧바로 불펜 투수 케빈 쿼켄버시를 등판시켰다.

케빈 쿼켄버시는 폴 클레멘트를 대신해 남은 두 개의 아웃카운트를 어렵지 않게 잡아냈다.

1번 타자 다나드 스팬은 4구 만에 유격수 땅볼로 아웃되었다.

2번 타자 아르헨 파건도 2구 만에 좌익수 플라이로 잡히고 말았다.

그렇게 길고 길었던 4회 말이 끝이 났다.

"괜찮아! 아직 중반이야!"

막스 맥과이어 코치가 파드리스 선수들을 독려했다. 하지만 경기는 이미 자이언츠 쪽으로 기울어진 지 오래였다.

5회 초 파드리스 공격을 막기 위해 강동원이 마운드에 올라왔다.

이닝이 끝났지만 강동원은 홈런의 여운에 빠져 있었다. 비스트 포지는 이를 간파하고 재빨리 마운드에 올랐다.

"괜찮아?"

"네에, 괜찮아요."

"지금 잔뜩 들뜬 얼굴인데."

"아, 아닌데요."

"아니긴 뭐가 아니야."

비스트 포지가 강동원의 가슴에 손을 가져다 댔다. 그의 손에 요동치는 심장 박동이 느껴졌다.

"강, 홈런 친 건 잊어버려. 넌 이제 투수라고."

"아, 네."

"침착해. 흥분하면 안 돼. 알았지?"

"네."

"그래, 좋아. 이번 이닝도 깔끔하게 틀어막자."

강동원을 진정시킨 뒤 비스트 포지가 포수석으로 돌아갔다. 강동원도 길게 숨을 고른 뒤 머릿속에서 홈런을 깨끗이 지워 버렸다.

그 뒤로, 강동원은 언제 그랬냐는 듯 계속해서 삼진 퍼레이드를 이어갔다.

5번 타자 라이언 심플 삼진.

6번 타자 자바라 블랙 삼진.

7번 타자 루이스 사다스 역시 삼진.

강동원은 세 타자 연속 삼진으로 이닝을 마치고 당당히 더그아웃으로 향했다. 그리고 승리 투수의 요건을 채웠다.

"가아앙!"

"강! 이 자식!"

자이언츠 팬들은 강동원의 호투에 환호로 화답했다. 너나 할 것 없이 자리에서 일어나 강동원의 이름을 연호했다.

중계석은 난리가 났다. 강동원이 스리런 홈런과 더불어 세 타자 연속 삼진을 잡아내자 극찬을 아끼지 않았다.

—와우! 대단합니다! 도저히 눈 뜨고는 믿을 수 없는 일이 벌어지고 있습니다!

—그렇습니다. 강! 이제 2년 차 투수라는 게 믿어지지 않을 만큼 엄청난 활약을 펼치고 있는데요.

—마운드 위에서는 삼진으로 타자들을 윽박지르고 타석에서는 홈런을 때려서 상대 투수를 강판시켜 버렸습니다.

—이러다 종종 대타로 나오는 거 아닙니까?

—하하하, 그럴 가능성도 배제할 수 없겠죠.

—어쨌든 닥터 강이 한층 강화돼서 돌아온 모습입니다!

브루스 보체 감독도 강동원에게 엄지손가락을 치켜세웠다.

"크흐흐! 역시 강이야. 속이 다 시원하군그래. 잘했어. 잘하고 있어!"

브루스 보체 감독이 흥분할수록 데이브 라이트 투수 코치는 골치가 아팠다. 오늘 예정된 강동원의 투구는 6회까지였다.

하지만 지금 분위기로 봐서는 브루스 보체 감독이 7회 이후에도 강동원을 밀어붙일 가능성이 높아 보였다.

"후우……!"

데이브 라이트 코치가 깊은 한숨을 내셨다. 강동원이 조금이라도 지친 모습을 보였다면 과감하게 말을 꺼내봤겠지만 그렇지도 않았다.

오히려 이닝을 거듭할수록 더욱 좋은 피칭을 이어가고 있으니 뭐라 할 말이 없었다.

"좋아! 좋아!"

"이번에도 점수를 뽑아내 보자고!"

자이언츠 타자들도 브루스 보체 감독만큼이나 잔뜩 흥분해 버렸다. 그 결과 자이언츠의 5회 말 공격은 또다시 삼자범퇴로 끝이 났다.

3번 타자 비스트 포지는 좌익수 플라이 아웃.

4번 타자 헌터 페이스는 중견수 플라이 아웃.

5번 타자 브래드 벨트는 우익수 플라이 아웃으로 물러났다.

-타자들 모두 어깨에 잔뜩 힘이 들어간 모양입니다.

–아무래도 투수 타석에서 홈런이 나왔으니 자극을 안 받을 수 없었겠죠. 힘이 들어가는 것은 당연한 일입니다.

–그래도 타석에서 조금 더 집중할 필요가 있을 것 같습니다. 강이 지켜보고 있거든요.

중계 카메라가 강동원을 비췄다. 그러나 강동원은 아무렇지 않은 얼굴로 마운드에 올랐다. 그리고 6회에도 깔끔한 피칭을 이어갔다.

강동원은 선두 타자로 나선 8번 타자 크리스티안 베탄코스에게 4구째 몸 쪽 포심 패스트볼을 던져 유격수 땅볼을 이끌어 냈다.

"좋아, 좋아! 강! 계속 그렇게만 던져."

비스트 포지가 공을 돌려주며 소리쳤다. 그사이 9번 타자 자리에 대타 헌터 랜프가 올라왔다.

펑!

퍼엉!

헌터 랜프는 강동원의 초구와 2구 포심 패스트볼을 그저 지켜만 봤다. 더그아웃에서 지켜본 것만으로는 97mile/h(≒156.1km/h)을 넘나드는 공을 쉽게 때려내기 어려웠다.

투 스트라이크를 잡은 강동원은 3구째 바깥쪽으로 살짝 떨어지는 체인지업을 내던졌다.

따악!

볼카운트가 몰린 헌터 램프는 망설이지 않고 공을 걷어 올렸다. 그러나 타구는 중견수 다나드 스팬의 정면으로 날아갔다.

그렇게 두 번째 아웃 카운트가 만들어졌다. 그리고 다시 1번 타자 트레비스 얀키우스키가 타석에 들어섰다.

트레비스 얀키우스키는 비장한 눈빛으로 강동원을 응시했다. 그러고는.

딱!

초구에 기습번트를 시도했다.

틱.

방망이 끝에 걸린 타구가 절묘하게 1루와 투수 사이로 굴러갔다.

강동원은 곧바로 허리를 숙여 공을 잡았다. 그러자 타구를 향해 달려왔던 1루수 브래드 벨트가 멈춰 서서 바짝 몸을 낮춰 엎드렸다.

그사이 2루수 조 패인이 브래드 벨트 대신 1루 커버에 들어갔다.

“강! 지금이야, 던져!

준비가 끝나자 비스트 포지가 소리쳤다. 강동원은 그 즉시 공을 1루로 몸을 던졌다.

트레비스 얀키우스키도 이를 악물고 1루로 내달렸다.

팡!

타악!

포구와 베이스 터치가 거의 동시에 이루어졌다.

"세이프! 세이프!"

1루심은 양팔을 빠르게 펼치며 세이프를 외쳤다. 육안으로 구분하기 어려울 정도로 트레비스 얀키우스키의 발이 미세하게 빨랐다.

기습적으로 내야 안타를 허용하기만 했지만 강동원은 특별히 흔들리지 않았다.

"괜찮아. 어차피 투 아웃이야."

강동원은 세트 포지션에서 빠르게 공을 던졌다. 구속은 약간 떨어졌지만 구석구석을 찌르는 제구력에 2번 타자 얀게르비스 솔라테는 삼진으로 물러나고 말았다.

—강동원 선수! 또다시 삼진을 잡아냅니다!

—그렇습니다. 6회까지 벌써 9번째 삼진입니다.

—강동원. 호투를 펼치고 당당히 마운드를 내려갑니다. 오늘 완전 강동원의 날 같은데요.

—이 기세라면 9회에도 마운드를 올라올 수 있을 것 같습니다.

—하지만 강동원의 투구 수가 관건입니다. 현재까지 70개 정도 던질 걸로 파악되는데요.

—70구면 7회나 8회가 마지막이 될 가능성이 높습니다. 하지만 이닝당 12구 정도니 효율적으로 피칭했다고 봐야 할 것 같습니다.

강동원은 6회 초를 마치고 더그아웃으로 돌아왔다. 당초 오늘 코칭스태프와 논의했던 투구는 6회까지였다. 시즌 첫 경기인 만큼 무리하지 말자고 합의가 된 상태였다.

하지만 아직 한계 투구 수인 100구까진 여유가 있었다. 게다가 구속과 구위도 여전한 만큼 한 이닝 정도 더 던졌으면 하는 바람이었다.

"어떻게 되려나."

벤치에 앉아 땀을 닦으며 강동원이 힐끔 브루스 감독 쪽을 바라봤다. 그때 브루스 보체 감독이 논의를 마치고 강동원의 곁으로 다가왔다.

"강, 자네 지금 어떤가?"

"네, 괜찮습니다."

"체력적인 문제는 없는 거고?"

"물론입니다. 아직 멀쩡해요."

"다행이군. 사실, 자네만 괜찮다면 한 이닝을 더 던졌으면

하는데, 자네 생각은 어떤가?"

브루스 보체 감독은 잘 던지고 있는 강동원을 이대로 내릴 생각이 없었다.

안타를 많이 얻어맞거나 점수 차이가 박빙이라면 고민스러웠겠지만 6 대 0의 리드였다. 그렇다면 선발 투수에게 조금 더 기회를 주는 게 옳다고 판단했다.

통역을 통해 브루스 보체 감독의 말을 전해 들은 강동원도 기다렸다는 듯이 입꼬리를 들어올렸다.

"그럼요. 충분히 던질 수 있습니다."

"하하. 자네라면 그렇게 나올 줄 알았어."

"그런데 7회까지 만인가요?"

"응? 더 욕심이 나나 보지?"

"선발 투수라면 아무래도 길게 던지고 싶으니까요."

"하하. 그건 조금 더 지켜보도록 하지."

"네, 열심히 던지겠습니다."

"그리고 다음 타선은 중심 타선이니까 집중하라고."

"알겠습니다, 감독님."

"하하. 좋아, 좋아. 역시 강은 보면 볼수록 마음에 들어."

브루스 보체 감독이 씩 웃으며 자리로 돌아갔다. 강동원도 다시 마음을 다잡고 경기에 집중했다.

6회 말 자이언츠는 추가점을 뽑아냈다.

6번 타자 브래드 크로포트가 바뀐 투수 브랜드 핸드를 상대로 솔로 홈런을 때려낸 것이다.

투 스트라이크 원 볼 상황에서 브랜드 핸드가 지나치게 성급하게 승부를 건 게 화근이었다.

몸 쪽 포심 패스트볼로 브래드 크로포트를 윽박지르려 했지만 그 공이 한복판으로 살짝 몰리면서 장타로 이어지고 말았다.

브래드 크로포트가 홈 플레이트를 밟으면서 점수는 7 대 0까지 벌어졌다.

이어진 타석에서 7번 타자 에두아르 누네스는 유격수 땅볼로 물러났다. 원 스트라이크 쓰리 볼까지 볼카운트를 잘 끌고 왔지만 바깥쪽을 파고드는 낮은 포심 패스트볼을 건드렸다가 아웃이 되고 말았다.

8번 타자 조 패인 역시 2루수 땅볼로 물러났다.

그렇게 순식간에 두 개의 아웃 카운트가 올라갔다. 그러자 중계 카메라가 자이언츠의 더그아웃 앞쪽을 비췄다.

–투 아웃에 주자가 없는 가운데 강동원의 타석인데요.

—아마 바뀌겠죠.

—그렇겠죠?

—강동원은 6회까지 최고의 피칭을 선보였습니다. 그리고 제 몫을 다해냈어요. 이제부터는 자이언츠도 불펜을 가동할 때라고 생각합니다.

—강동원 선수, 오늘 좋은 투구를 보여줬습니다만 아직까지는 루키니까요.

—네, 이제 2년 차 투수죠. 앞으로 남은 경기들을 감안했을 때 이쯤에서 바꿔주는 게 옳다고 생각합니다.

—아, 그런데 강동원 선수가 그대로 타석에 들어서는데요?

—바꾸지 않나요? 허허.

—아무래도 그런 것 같습니다. 자이언츠는 강동원을 7회에도 내세울 모양입니다!

팬들의 환호를 받으며 강동원은 천천히 타석에 들어섰다.

마운드 위에는 여전히 브랜드 핸드가 서 있었다. 브래드 크로포트에게 불의의 일격을 허용하긴 했지만 파드리스 불펜 투수 중에서는 믿을맨으로 통하고 있었다.

"대타가 아니라면 나야 고맙지."

브랜드 핸드는 초구에 바깥쪽 커브를 내던졌다.

강동원은 기세 좋게 허리를 돌렸다. 하지만 방망이와 공은 큰 차이를 보이며 어긋났다.

"쳇!"

강동원은 잠시 타석에서 내려와 방망이를 잡고 숨을 골랐다. 폴 클레멘트처럼 당연히 포심 패스트볼이 날아올 줄 알았는데 커브라니. 완전히 잘못 짚고 말았다.

하지만 기분이 나쁘진 않았다. 앞선 홈런 때문에 브랜드 핸드가 그만큼 자신을 신경 쓰고 있다는 생각이 들었다.

"이래 봬도 홈런 타자라 이거야."

강동원은 다시 타석에 들어서서 방망이를 야무지게 움켜잡았다.

브랜드 핸드의 2구는 바깥쪽으로 흘러 나가는 슬라이더였다.

후앗!

브랜드 핸드의 손끝에서 날아간 공이 홈 플레이트 끝을 스치며 지나갔다. 어찌나 날카롭던지 강동원은 감히 방망이를 내밀 엄두조차 내지 못했다.

게다가 설상가상 구심이 스트라이크를 선언해 버렸다.

"허, 이건 완전히 타자 취급인데."

강동원은 투정하듯 인상을 찡그리며 타석을 벗어났다. 그러고는 슬쩍 포수 크리스티안 베탄코스를 바라봤다.

크리스티안 베탄코스의 표정은 제법 진지했다. 첫 타석 때

보여줬던 여유로운 미소는 어디서도 찾아보기 어려웠다.

강동원은 피식 웃었다. 투수지만 앞선 타석에서 홈런을 친 것 때문인지 많이 조심스러워하고 있었다.

'쩝, 이제 패스트볼은 기대하기 힘든 건가?'

강동원이 아쉬움을 달래며 타석에 들어섰다. 그때.

후앗!

브랜드 핸드의 손끝에서 새하얀 공이 빠르게 날아들었다.

'패스트볼!'

생각보다 훨씬 빠른 공에 강동원은 그대로 얼음이 되었다. 그사이 공은 홈 플레이트를 지나 포수의 미트를 무겁게 흔들어 놓았다.

천만다행이도 구심은 오른팔을 들어 올리지 않았다. 크리스티안 베탄코스가 이 정도면 스트라이크를 잡아줘야 하는 게 아니냐며 잠시 항의해 봤지만 구심의 결정은 달라지지 않았다.

"완전히 허를 찔릴 뻔했어."

타석에서 벗어나며 강동원은 놀란 가슴을 쓸어내렸다. 그리고 포심 패스트볼을 머릿속에 그리며 빠르게 방망이를 휘둘러 보았다.

투 스트라이크 원 볼.

볼카운트는 여전히 투수에게 유리했다.

"후우……."

브랜드 핸드는 침착한 표정으로 마운드를 내려가 로진백을 주물렀다. 그리고 손에 묻은 흰 가루를 길게 불어냈다.

다시 마운드에 오른 브랜드 핸드는 크리스티안 베탄코스의 사인을 기다렸다.

타석에 들어선 강동원은 뭐가 들어올지 감을 잡지 못하고 있었다. 그저 마음속으로 어떤 공이 날아오든 무조건 휘두르겠다고만 생각했다.

강동원을 힐끔 바라본 뒤 크리스티안 베탄코스가 포심 패스트볼 사인을 냈다. 3구째 강동원의 반응으로 봐서는 포심 패스트볼에 대응하지 못할 거라고 판단한 것이다.

브랜드 핸드가 가볍게 고개를 끄덕이며 자세를 잡았다. 그리고 천천히 다리를 들어 올린 뒤 크리스티안 베탄코스의 미트를 향해 힘껏 공을 내던졌다.

후앗!

브랜드 핸드의 손끝을 빠져 나간 공이 곧장 강동원의 바깥쪽을 파고들었다. 그러자 강동원도 기다렸다는 듯이 방망이를 돌렸다.

딱!

홈 플레이트 앞쪽에서 걸린 공이 하늘 높이 치솟았다.

"떴어!"

브랜드 핸드가 냉큼 하늘을 가리켰다.

"내가 잡을게!"

2루수 라이언 심플이 재빨리 뒤쪽으로 움직였다.

그사이 강동원은 1루로 열심히 뛰어갔다. 그러면서 공의 위치를 힐끔힐끔 확인했다.

타구는 공교롭게도 2루수와 중견수, 우익수 사이에 떠올랐다. 흔히들 말하는 텍사스성 안타 코스로 날아간 것이다.

'떨어져라! 떨어져라!'

강동원은 행운의 안타를 기대하며 1루에 거의 도착했다. 바로 그때 라이언 심플이 몸을 날리며 글러브를 뻗었다.

"아웃!"

라이언 심플의 포구를 확인한 1루심이 주먹을 들어 올렸다. 그렇게 자이언츠의 6회 말 공격이 끝이 났다.

'쳇.'

강동원은 쓴웃음을 지으며 더그아웃 쪽으로 돌아갔다. 그리고 헬멧과 방망이를 코치에게 내주었다.

"자!"

비스트 포지가 강동원에게 모자와 글러브를 가져다주었다.

"고마워요, 포지."

"고맙긴. 그나저나 아까웠어."

"제대로 맞추지도 못했는데요, 뭘."

"그래도 잘 싸웠다고. 특히나 투 스트라이크 이후에 패스트볼을 고른 건 대단했어."

"그건…… 그냥 놓친 건데요?"

"뭐? 그랬던 거야? 하하, 어쩐지. 너무 꿈쩍도 하지 않는다 했어."

비스트 포지가 특유의 유쾌함으로 강동원의 기분을 풀어주었다. 덕분에 강동원은 타석에서의 아쉬움을 깨끗이 잊어버릴 수 있었다.

"자, 그럼 7회도 깔끔하게 막아보실까?"

"좋아요, 포지."

강동원과 비스트 포지가 가볍게 주먹을 부딪쳤다. 그렇게 파드리스의 7회 초 공격이 시작됐다.

파드리스의 공격은 3번 타자 알렉스 디커슨으로 부터 시작이었다.

일방적으로 흐르는 경기에 중심 타자로서 자존심이 상한 것일까.

타석에 들어선 알렉스 디커슨이 매서운 눈으로 강동원을 노려보았다.

'흥! 애송이, 이번에는 그냥 넘어가지 않겠다.'

알렉스 디커슨이 방망이를 단단히 움켜쥐었다. 그리고 마음을 단단히 먹었다.

벌써 경기는 후반으로 접어들고 있었다. 이번 이닝이 끝나면 오늘 경기에서 다시 강동원을 만나지 못할 가능성이 높았다.

그래서 알렉스 디커슨은 최대한 침착하게 공을 지켜볼 생각이었다.

강동원도 체력적인 한계가 슬슬 찾아올 시점이었다. 이때 들어오는 실투를 놓치지 않는다면 역전까진 어렵더라도 한두 점, 쫓아가는 점수를 만들어낼 수 있었다.

'신중해서 나쁠 건 없겠지.'

알렉스 디커슨을 슬쩍 바라본 뒤 비스트 포지가 가랑이 사이로 손가락을 펼쳤다.

초구 사인은 바깥쪽 커브였다.

좌타자인 알렉스 디커슨 입장에서는 백도어 커브라고 느껴질 만한 코스였다.

'좋아.'

강동원은 가볍게 고개를 끄덕였다. 그리고 비스트 포지의 미트를 향해 힘껏 공을 내던졌다.

후앗!

강동원의 손을 빠져 나간 공이 큰 포물선을 그리며 바깥쪽으로 흘러 나갔다.

그러나 알렉스 디커슨은 꿈쩍도 하지 않았다. 내심 몸 쪽 포심 패스트볼을 노리던 상황에서 정반대의 공이 들어왔는데 무턱대고 방망이를 내밀 수는 없는 노릇이었다.

'빠져라.'

알렉스 디커슨은 눈을 부릅뜨고 공을 끝까지 지켜보았다. 그러다 마지막 순간에 홈 플레이트 쪽으로 흘러 들어오는 커브의 움직임을 보고는 질근 입술을 깨물었다.

이건 스트라이크를 줘도 할 말이 없는 공이었다. 게다가 비스트 포지가 마지막 순간에 영리하게 공을 스트라이크존으로 끌어놓으면서 거의 완벽한 스트라이크를 만들어버렸다.

아니나 다를까.

"스트라이크!"

구심이 망설임 없이 오른팔을 들어 올렸다.

"후우……."

알렉스 디커슨이 긴 한숨을 내쉬며 타석에서 물러났다. 그러고는 두어 번 허공에 방망이를 휘두른 뒤 아무렇지도 않은 얼굴로 타석에 들어왔다.

'초구에 커브가 들어왔으니 분명 빠른 공이 들어 올 거야.'

알렉스 디커슨은 또다시 몸 쪽에 신경을 집중했다. 그러면서 머릿속으로 앞서 겪었던 포심 패스트볼을 그렸다.

'커브에 미동조차 하지 않은 걸 봐서는 패스트볼을 노린다

는 소리인데…….'

잠시 고심하던 비스트 포지가 2구째 사인을 냈다.

구종은 포심 패스트볼.

코스는 몸 쪽.

알렉스 디커슨이 노리던 바로 그 공을 요구한 것이다.

하지만 목적이 달랐다. 스트라이크를 잡기 위해 던지는 공이 아니라 알렉스 디커슨의 방망이를 끌어내기 위한 유인구였다.

"좋아."

강동원은 이번에도 단단히 고개를 끄덕였다. 그리고 알렉스 디커슨의 몸 쪽을 향해 힘차게 공을 내던졌다.

후앗!

강동원의 손끝을 빠져 나간 공이 곧장 알렉스 디커슨의 얼굴 높이로 날아들었다.

'하이 패스트볼!'

알렉스 디커슨의 눈매가 움찔거렸다. 구종과 코스는 자신의 노림수와 일치했지만 높이가 맞지 않았다. 이 공에 괜히 방망이를 내밀어 봐야 좋은 결과를 얻지 못할 것 같았다.

'참자!'

마지막 순간까지 고민했던 알렉스 디커슨이 살짝 빠져나왔던 방망이를 잡아당겼다. 그사이 홈 플레이트를 스쳐 지난 공이 비스트 포지의 미트를 크게 흔들어 놓았다.

퍼엉!

묵직한 포구 소리가 경기장에 울려퍼졌다. 하지만 구심은 요지부동이었다. 자신의 기준보다 공이 더 깊었다고 판단한 것이다.

그렇게 볼카운트가 원 스트라이크 원 볼로 바뀌었다.

"제법인데?"

강동원은 피식 웃으며 고개를 끄덕였다. 적이긴 하지만 알렉스 디커슨은 참기 어려운 공을 정말로 잘 골라냈다.

그러나 소득이 전혀 없었던 것은 아니다.

일단 몸 쪽에 하나 찔러 넣었으니 바깥쪽을 공략할 여유가 생겼다. 게다가 알렉스 디커슨의 머릿속에 하이 패스트볼의 움직임이 남아 있는 동안에는 타이밍 싸움에서 우위를 점할 수 있었다.

"좋아! 강!"

비스트 포지도 만족스러운 얼굴로 공을 돌려주었다.

강동원은 여유롭게 공을 받고 마운드 뒤쪽으로 내려왔다. 그리고 로진백을 주물럭거린 뒤 로진 가루를 불어냈다.

"후우……!"

강동원의 손에 들러붙었던 로진 가루가 비산하며 흩어졌다.

숨고르기를 끝낸 강동원이 다시 마운드에 섰다. 그러자 비스트 포지가 기다렸다는 듯이 손가락을 움직였다.

3구째 사인은 파워 커브.

코스는 또다시 알렉스 디커슨의 몸 쪽이었다. 2구와 거의 비슷한 위치로 공을 붙여 넣어 알렉스 디커슨의 판단력을 흐트러뜨리자는 소리였다.

"역시 포지라니까."

강동원은 비스트 포지의 사인이 너무나 마음에 들었다. 자신이 가진 능력을 전부 활용하려는 비스트 포지의 볼 배합이 더없이 믿음직스러웠다.

'몸 쪽 높게. 몸 쪽 높게.'

들뜬 마음을 가라앉히며 강동원이 투구판에 발을 올렸다. 그리고 천천히 왼 다리를 들어 올린 뒤 알렉스 디커슨을 향해 힘껏 공을 내던졌다.

후앗!

강동원의 손에서 빠져 나간 공이 또다시 알렉스 디커슨의 눈높이로 날아들었다.

'패스트볼?'

알렉스 디커슨은 빠른 공이 들어온다고 생각했다. 2구째 포심 패스트볼보다는 살짝 느린 느낌이었지만 궤적상 2구 연속 하이 패스트볼을 던지려는 거라고 판단했다.

"어림없다!"

알렉스 디커슨은 이를 악물며 방망이를 내돌렸다. 2구째야 너무 갑작스럽게 날아든 탓에 타이밍을 맞추지 못했지만 이번 공은 달랐다. 머릿속을 선명하게 채워준 2구 덕분에 3구의 움직임이 명확하게 떠올랐다.

'걸려라!'

쭉 뻗어낸 오른 다리에 잔뜩 힘을 주며 알렉스 디커슨이 방망이에 힘을 실었다. 이 과정에서 방망이 중심 부분에 공이 걸린다면 타구는 그대로 외야까지 뻗어 나갈 터였다.

하지만 애석하게도 포심 패스트볼이라 여겼던 공이 마지막 순간에 뚝 하고 떨어져 버렸다.

퍼억!

"스트라이크!"

긁히는 듯한 포구 소리와 구심의 콜이 동시에 울려 퍼졌다.

"젠장할!"

커브에 속은 알렉스 디커슨이 욕지거리를 내뱉으며 타석을 박차고 나갔다. 반면 강동원은 회심의 일구에 환한 미소를 지었다.

"뭐야, 알렉스. 대체 뭘 기다리고 있는 거야?"

단단히 화가 난 알렉스 디커슨을 놀리듯 비스트 포지가 이죽거렸다. 그러자 알렉스 디커슨의 얼굴이 더욱 벌겋게 변했다.

"닥쳐! 그러는 너야말로 왜 자꾸 도망치는데?"

"도망이라니? 전략 분석 팀에서 아무 이야기 못 들은 거야? 강의 주 무기는 커브라고. 그래서 커브를 던져 줬는데 도망친다는 소리는 너무 억지 아닌가?"

"크으윽!"

"아니면 포심 패스트볼을 던져 주지 않아서 화가 난 거야? 그렇다면 진즉 말하지 그랬어. 자, 어서 들어오라고. 이번에는 기필코 포심 패스트볼을 던져 줄 테니."

비스트 포지가 알렉스 디커슨을 살살 약 올렸다. 알렉스 디커슨이 발끈하며 비스트 포지를 노려봤지만 구심은 더 이상의 실랑이는 용서하지 않겠다는 표정을 지었다.

"두고 보자."

알렉스 디커슨이 빠득 이를 갈며 타석에 들어섰다. 그러면서 또다시 포심 패스트볼을 머릿속에 그렸다. 커브-포심 패스트볼-커브 순서였다. 그렇다면 또다시 커브가 날아들 가능성도 높다고 판단했다.

하지만 비스트 포지는 알렉스 디커슨이 원하는 공을 두 번이나 던져 줄 생각이 없었다.

'계속 빠른 공만 노려보라고, 친구.'

비스트 포지는 곧바로 가랑이 사이에 손을 넣었다. 그리고 커브에 해당하는 손가락 두 개를 내비쳤다. 그러면서 미트

끝으로 홈 플레이트 앞쪽을 가리켰다.

투 스트라이크에 몰린 타자를 상대로 원 바운드 되는 커브를 던지라는 소리였다.

사인을 확인한 강동원은 피식 웃었다. 그리고 오른발로 투구 판을 밟은 뒤 왼 다리를 천천히 가슴 쪽으로 끌어 올렸다.

왼발 무릎이 거의 정점에 도달한 순간.

"하압!"

강동원은 기합을 내지르며 투구판을 박찼다.

촤라라락!

길게 뻗어낸 왼발이 흙먼지를 일으키며 미끄러졌다.

후앗!

강동원의 손끝을 빠져나온 공이 또다시 알렉스 디커슨의 몸 쪽으로 날아들었다.

이번에는 시작부터 큰 포물선을 그렸다. 그렇다 보니 알렉스 디커슨도 단숨에 구종을 파악해 냈다.

정작 문제는 스윙을 하느냐 마느냐를 결정하는 것이었다.

초구에 날아든 강동원의 커브는 비교적 큰 낙폭을 그리며 홈 플레이트 바깥쪽을 파고들었다.

그리고 3구째 들어온 커브는 거의 포심 패스트볼처럼 굴다가 마지막 순간에 커브로 돌변했다.

이 두 가지 커브를 전부 겪어본 알렉스 디커슨은 좀처럼 방망이를 내돌릴 타이밍을 잡지 못했다.

공이 느리니 생각할 시간은 충분했지만 좀처럼 답이 떨어지지 않았다. 서로 다른 두 개의 커브 궤적이 상충하면서 알렉스 디커슨의 판단력을 흩뜨려 놓았기 때문이다.

그사이 공은 정점을 지나 홈 플레이트 쪽으로 떨어져 들어왔다.

'지금이야!'

초구에 맞춰 커브의 궤적을 계산한 알렉스 디커슨이 재빨리 오른발을 뻗었다. 그리고 그 움직임을 활용해 방망이와 허리를 내돌렸다.

후웅!

허리춤을 빠져나온 방망이가 제법 요란하게 허공을 가르며 홈 플레이트로 날아들었다. 하지만 몸 쪽 스트라이크존을 파고들 것 같았던 공은 알렉스 디커슨의 예상보다 일찍 바닥으로 고꾸라졌다.

"크아아악!"

자신이 속았다는 사실을 알아챈 알렉스 디커슨이 이를 악물며 방망이를 내밀어 봤다. 하지만 무슨 짓을 해도 스윙 궤적 밑으로 사라져 버린 공을 때려낼 수는 없었다.

퍽! 퍼벅!

원 바운드 된 공이 그대로 비스트 포지의 가슴 보호대를 강타했다.

비스트 포지는 블로킹 자세를 통해 공이 가랑이 사이로 빠져 나가는 걸 차단했다. 그리고 홈 플레이트 앞쪽에 예쁘게 멈춰선 공을 발견하고는 재빨리 손으로 집어 들었다.

그러는 동안에도 알렉스 디커슨은 1루로 뛸 시도조차 하지 못했다.

"브래드!"

비스트 포지는 무리해서 알렉스 디커슨을 태그하지 않고 1루로 공을 던졌다.

퍼엉!

1루수 브래드 벨트가 깔끔하게 공을 받아냈다. 그렇게 첫 번째 아웃 카운트가 만들어졌다.

"좋았어!"

까다로운 선두 타자 알렉스 디커슨을 삼진으로 돌려세운 강동원이 주먹을 높이 치켜들었다.

강! 강! 강! 강!

강! 강! 강! 강!

자이언츠 팬들이 강동원의 호투에 한 목소리로 화답했다.

―강! 정말 좋은 커브를 던졌습니다. 알렉스 디커슨이 꼼짝을 하지 못했는데요.

―2구부터 4구까지 전부 몸 쪽으로 집어넣은 배짱이 대단했습니다. 구종이 바뀌었다곤 하지만 쉽지 않은 선택이었을 텐데요.

―그만큼 오늘 강동원의 컨디션이 좋다는 방증일지도 모르겠습니다.

―다시 한번 보시죠. 한복판으로 날아들다가 마지막 순간에 몸 쪽으로 휘어져 들어가는 커브의 움직임을 보십시오. 그야말로 예술적입니다.

―오늘 경기 강동원의 포심 패스트볼이 좋다고 여러 차례 말씀드렸습니다만 강동원 하면 역시나 커브를 떠올려야 할 것 같습니다. 이건 말이 필요 없네요.

중계진은 강동원의 호투에 찬사를 아끼지 않았다.

특히나 원 바운드성 느린 커브를 던져 알렉스 디커슨을 헛스윙 삼진으로 돌려세운 점을 몇 번이고 입에 올렸다.

그러는 동안 강동원은 4번 타자 윌 마이스와 5번 타자 라이언 심플을 범타로 돌려세우고 7회 초를 마쳤다.

7이닝 무실점. 탈삼진 10개.

강동원의 2017년이 순조로운 출발을 알렸다.

32장
불박이 선발 I

1

"스트라이크 아웃!"

심판의 콜과 함께 자이언츠의 홈경기 3연전 중, 첫 경기가 마무리됐다.

"잘했어, 코리."

"리드 좋았어, 포지."

비스트 포지가 경기를 마무리 지은 불펜 투수 코리 기어와 손뼉을 마주쳤다. 그 뒤로 내야수와 외야수들이 달려오며 서로 악수와 포옹을 하며 승리를 자축했다.

브루스 보체 감독도 흐뭇하게 웃으며 강동원에게 손을 내밀었다.

"강, 승리 투수가 된 것을 축하하네."

"감사합니다. 감독님."

"이제 첫 경기니까 시즌 끝날 때까지 잘 부탁하네."

"넵!"

동료들도 강동원에게 축하 인사를 건넸다. 강동원은 그때마다 환한 미소로 답했다. 시즌 첫 경기에서 무실점으로 첫 승을 따냈으니 더욱 기분이 좋았다.

강동원은 이내 자이언츠 선수들과 함께 경기장으로 올라갔다.

"다들 잘했어!"

"좋아, 자이언츠! 이대로 월드시리즈를 제패하자고!"

경기장을 가득 메운 팬이 선수들을 향해 박수를 쏟아냈다. 선수들도 마지막까지 함께 응원해 준 관중들을 향해 손을 흔들었다. 그렇게 모두가 하나가 되어 승리의 기쁨을 함께했다.

구단 관계자들과 직원들도 서로 악수를 나누며 승리를 자축했다. 그들은 오늘 승리의 주역인 강동원을 향해 엄지손가락을 추켜세우며 칭찬했다.

"강! 승리 축하해."

"네, 감사합니다."

"축하해. 오늘 정말 멋졌다고."

"아, 네."

강동원은 이동하는 내내 승리 축하 인사를 받느라 정신이 없었다. 클럽하우스에 들어와서 한숨 돌리나 했지만 다시 한 번 시작된 동료들의 축하인사 때문에 얼굴 가득 미소를 지어야 했다.

겨우겨우 샤워를 마친 후 강동원은 새 유니폼으로 갈아입었다.

"강! 각오 단단히 해. 기자들이 엄청 몰려왔다고."

어느새 다가온 메디슨 범가드너가 강동원의 엉덩이를 툭 치며 웃었다. 그의 말처럼 클럽하우스 밖에는 수많은 기자가 진을 치고 강동원을 기다리고 있었다.

"강동원이다!"

강동원이 클럽하우스 밖으로 나오자 기자들이 우르르 달려들었다. 그러자 구단 직원들이 나서서 기자들을 막아 세웠다.

"인원이 많으니 인터뷰 룸에서 인터뷰를 진행하도록 하겠습니다. 협조해 주세요."

직원들의 통제 속에 인터뷰 룸으로 자리가 옮겨졌다. 그러자 가장 앞줄에 앉은 기자가 손을 들어 질문을 했다.

"오늘이 시즌 첫 경기였습니다. 개막전 로스터에 합류한 것도 소감이 남다를 것 같은데 오늘 첫 승을 거두고 또 첫 홈런까지 때려냈습니다. 기분이 어떤가요?"

"우선 팀이 이겨서 기분이 좋습니다. 솔직히 승리보다는 팀의 연패를 끊자는 생각으로 열심히 던졌는데 좋은 결과가 나왔던 것 같습니다. 첫 홈런은…… 솔직히 잘 모르겠습니다. 다음번에 또다시 홈런을 때리게 된다면 그때는 조금 더 멋진 소감을 발표하도록 하겠습니다."

"개막전 로스터에 합류할 거라 예상했나요?"

"솔직히 반반이었습니다. 저는 선발 투수 자리를 원했기 때문에 어쩌면 마이너리그에서 시즌을 시작하게 될지도 모른다는 생각을 했습니다."

"5선발로 확정됐을 때의 기분은 어땠나요?"

"물론 기뻤죠. 정말 자이언츠를 위해 최선을 다해야겠다는 생각밖에 들지 않았습니다."

강동원의 솔직한 대답에 질문을 한 기자가 만족스러운 표정을 지었다. 그러자 그 옆에 앉은 기자가 손을 들어 물었다.

"강! 올 시즌 목표 어떻게 예상하십니까?"

"제 목표입니까? 아니면 팀의 목표입니까?"

"하하, 가능하면 둘 다 말씀해 주세요."

"일단 개인적인 성적에 대해서는 심각하게 생각해 보지 않았습니다. 하지만 선발 로테이션에 합류했으니 최소한 10승은 거두고 싶습니다. 그래서 자이언츠의 월드시리즈 우승에 보탬이 되고 싶습니다."

강동원의 입에서 월드시리즈 우승이 튀어나오자 기자들의 얼굴에 환한 웃음이 번졌다. 자이언츠의 월드시리즈 우승. 그건 이 자리에 모인 모든 이가 바라는 최고의 결과였다.

뒤이어 질문권을 얻은 기자는 다소 껄끄러운 질문을 던졌다.

"강, 오늘 경기는 정말 좋았습니다. 하지만 오늘 같은 경기를 매 경기 펼치긴 어렵겠죠. 어떻습니까? 앞으로 메이저리그에서 살아남을 자신이 있습니까?"

"물론입니다! 그리고 저는 메이저리그에 올라오기 위해 바다를 건너 한국에서 온 게 아닙니다. 이제 첫 번째 목표를 이루었으니 그다음 목표를 이루기 위해 더욱 노력할 생각입니다."

"그 두 번째 목표라는 게 뭡니까?"

"메이저리그 최고의 투수가 되는 겁니다."

강동원이 자신만만한 목소리로 말했다. 그러자 기자들도 웃으며 고개를 끄덕였다.

물론 지금 당장 강동원이 메이저리그 최고 투수를 운운하기란 쉽지 않았다. 하지만 오늘 보여준 재능이라면 앞으로 무슨 일이 벌어질지 그 누구도 장담할 수 없었다.

이후에도 기자들의 질문이 쏟아졌다. 덕분에 당초 30여 분 정도를 예상했던 인터뷰는 두 시간을 훌쩍 넘겼다.

2

강동원의 첫 승 소식은 대한민국까지 전해졌다. 메이저리그 홈페이지에 올라온 강동원의 첫 승과 인터뷰 내용은 각종 스포츠 매체를 통해 재탕되어 보도됐다.

메이저리그를 갈망하던 대한민국 청년, 그 꿈에 한발 다가서다!

강동원! 첫 승&첫 홈런! 메이저리거로 화려한 출발!

자이언츠 슈퍼 루키 강동원. 팀의 연패를 끊고 값진 첫 승!

자이언츠의 강동원, 올 시즌 목표 10승.

그 소식은 강동원의 어머니의 귀에도 들어갔다. 어머니가 운영하는 보쌈집을 찾아온 손님들이 심심찮게 강동원의 이름을 입에 올리는데 듣지 못할 리가 없었다.

"사장님, 사장님!"

"왜 그러니?"

"이거 보셨어요?"

"뭔데 그래?"

잠깐 한가해진 틈을 타 빈 자리에 엉덩이를 붙이고 앉은 어머니에게 아르바이트생 이명아가 스마트폰을 내밀었다.

"사장님, 여기 나온 이 사람이요. 사장님 아드님 맞죠?"

어머니는 이명아가 내민 스마트 폰을 확인했다. 그곳에는 멋진 투구 자세를 취하고 있는 강동원이 있었다. 그리고 연관 링크에 강동원의 시즌 첫 승에 관한 기사가 걸려 있었다.

"응, 그러네."

어머니는 스마트 폰을 바라보며 흐뭇하게 웃었다. 몸은 먼 타지에 있지만 이렇게나마 아들의 모습을 볼 수 있다는 것이 행복했다.

그러자 이명아가 부럽다는 눈으로 말했다.

"와아, 사장님 진짜 좋으시겠다."

"암, 좋지."

"그런데 아드님 나이가 정말 열아홉 살이에요?"

"글세, 재작년에 고등학교를 졸업했으니까 우리 나이로는 스물한 살일 텐데?"

"그렇죠? 만 나이인 거죠? 휴…… 다행이다. 저는 저보다 어린 줄 알았어요. 그런데 아드님은 여자 친구 있어요?"

"고등학교 내내 야구만 해서 아마 없을걸?"

"정말요?"

이명아의 눈이 초롱초롱하게 빛났다. 그러고는 어머니를 향해 더욱 사랑스러운 표정을 지어 보였다.

하지만 어머니는 그런 이명아에게 별다른 관심이 없었다.

"그런데, 명아야."

"네?"

"그런데 너 여기서 뭐하고 있니?"

"에이, 사장님께 이거 보여드리고 있잖아요."

"그러니까, 왜 일 안 하고 폰을 보고 있었냐고."

어머니의 따끔한 질타에 이명아의 표정이 빠르게 굳어졌다.

"아, 그게 말이죠. 일하고 있는데 잠깐 문자가 와서……."

"그럼 문자만 확인했어야지. 아직 쉬는 시간도 아니잖아."

"죄송합니다."

이명아가 이내 고개를 숙였다. 그러나 어머니의 잔소리는 1절로 끝나지 않았다.

"일할 때는 일에 집중을 해야지. 안 그러니?"

"네……."

"아직 테이블에 손님들도 계시는데 이러면 실례인 거잖아."

"네, 죄송해요."

"저기 손님이 이쪽 보고 계신다. 가서 필요한 거 있으신지 물어보렴."

"네에."

이명아가 풀이 죽은 얼굴로 돌아섰다. 그 모습을 잠시 엄한 눈으로 바라보던 어머니가 이내 입가에 미소를 그렸다.

'우리 아들, 잘하고 있는 거지? 그래, 열심히만 해.'

처음 이명아가 가게에 왔을 때 먼저 채용된 오승민이 강동원에 대한 설명을 늘어놓았다. 하지만 그때 이명아의 반응은 시큰둥했다.

"저 야구 잘 몰라요."

그 한마디에 이명아를 채용해야 할지 말지 고민이 들 정도였다.

그런 이명아가 이제는 먼저 달려와 강동원의 사진을 들이밀고 있었다. 그만큼 강동원이 유명해지고 있다는 사실이 어머니는 마냥 기분 좋았다.

"승민아."

"네, 사장님."

"손님 테이블에 음료수 한 병씩 돌려, 서비스로."

어머니가 나직한 목소리로 말했다. 고작 2,000원짜리 음료수 한 병일지 모르지만 이 즐거움을 손님들에게도 전해 주고 싶었다.

강동원이 메이저리그 시즌 첫 경기에서 7이닝 무실점 호투를 펼치자 지난 WBC(월드 베이스 볼 클래식)가 다시 도마 위에 올랐다.

올 봄 최명식 감독을 사령탑으로 한 한국 야구 대표팀은 최종 순위 4위에 머물렀다.

서울에서 열린 1차 예선을 치를 때만 하더라도 한국 대표팀의 기세는 좋았다. 한 수, 아니, 몇 수 아래로 평가받는 중국과 이스라엘을 격파하고 만만찮은 전력을 자랑하던 네덜란드까지 꺾으면서 조 1위로 2라운드에 진출했다.

여기까진 모두의 예상대로였다. 문제는 2라운드였다.

2라운드는 더블 엘리미네이션 방식으로 진행됐다. 그것도 일반적인 더블 엘리미네이션 방식이 아니라 변형된 경기 방식으로 이루어졌다.

대한민국과 함께 2라운드 A그룹에 올라간 네 팀은 네덜란드와 일본, 쿠바였다. 네 지구 예선 1, 2위가 각각 A와 B 두 그룹에 묶여 팀을 이루는 방식인데 대한민국은 일본과 쿠바라는 만만찮은 강호들과 한 조에 묶이고 말았다.

그러나 한국 대표팀은 첫 번째 경기에서 B조 2위 쿠바를 잡고 승리를 차지했다. 그리고 승자전에서 일본을 상대로 3 대 2 짜릿한 한 점 차 역전승을 거두고 결승 라운드 진출을 확정지었다.

더블 엘리미네이션 방식이었다면 한국이 1위, 그리고 최종전에서 승리한 나라가 2위가 되어 결선을 치렀을 것이다.

하지만 변형된 더블 엘리미네이션 방식은 최종 순위 결정전이 존재했다. 대한민국은 그 최종 순위 결정전에서 최종전을 이기고 올라온 일본과 다시 맞붙어 4 대 2로 패배를 하였다. 그러면서 모든 계획이 꼬여 버렸다.

준결승전에서 B그룹 1위 미국을 만난 한국 대표팀은 이렇다 할 힘 한 번 써보지 못하고 완패했다. 그리고 3, 4위전에서 도미니카 공화국에게 또다시 덜미를 잡히며 4위로 대회를 마쳐야 했다.

1라운드(예선)와 2라운드(본선)에서 5승 1패라는 호성적을 거두었음에도 한국 대표팀이 4위에 그친 가장 큰 이유는 역시나 선발 부재였다.

투구 수에 따른 등판 제한이 걸린 WBC에서 수준급 선발이 있고 없고는 엄청난 차이였다.

그 당시에도 야구팬들은 강동원을 선발하지 않았던 협회에 대한 질타의 목소리를 높였다.

물론 그 당시에도 강동원을 뽑았다 하더라도 달라질 건 없을 거라는 의견이 적잖았다. 하지만 선발 잔류가 쉽지 않을 거라던 강동원이 시즌 첫 경기부터 완벽투를 펼치자 야구계가 또다시 시끄러워졌다.

ㄴ역시 강동원을 떨어뜨리는 게 아니었어. 강동원만 있었

다면 결승 진출까진 가능했을 텐데.

ㄴ어제 강동원이 던지는 거 봤어? 와, 진짜 지리더라.

ㄴ야, 인마. 난 지렸어. 어제 팬티 세 번 갈아입었다.

ㄴ그게 뭐 대단한 거라고. 부산 자이언츠를 버리고 갔으면 그 정도는 당연히 던져야 하는 거 아냐?

ㄴ아직도 강동원이 부산 자이언츠 지명받은 걸로 착각하는 멍청이가 많은데 알고 떠들어라. 자이언츠가 아니라 다이노스다.

ㄴ어쨌든 다이노스만 불쌍하게 됐지 뭐. 다이노스 지금 꼬라지 봐라. 에릭 타임즈는 떠나고 선수들은 줄부상이고 선발진은 구멍 숭숭이고. 이래서 포스트 시즌은 어떻게 나갈지 모르겠다.

ㄴ그래서 뭐? 다이노스가 망한 게 강동원 때문이라 이거냐?

ㄴ강동원에게 모든 책임이 있는 건 아니지만 도의적인 책임은 있는 거 아냐? 기껏 1라운드에서 뽑아줬더니만.

ㄴ그건 강동원 설득 못한 다이노스 프런트가 붕신인 거지. 강동원이 뭔 잘못인데?

ㄴ니들이 아무리 떠들어 봤자. 강동원은 망해! 왜냐구? 내가 기도하고 있거든. 큭큭큭!

ㄴ뭐래 이 쓰레기는?

ㄴ지금 쓰레기라고 했냐? 너님 신고. ㅇㅂㅇ

ㄴ신고해라. 신고해. 나도 네가 쓴 글 그대로 캡처해서 강동원 에이전트한테 보내줄 테니까.

"이 동네는 여전히 시끌시끌하네."

기사를 훑던 박동휘가 쓴웃음을 지었다. 강동원의 기사를 보고 싶어 하시는 어머니를 위해 좋은 기사를 하나 보내드리려 했는데 기사마다 댓글들로 싸움질이 벌어지고 있었다.

"그냥 기사 내용만 캡처하는 게 낫겠다."

박동휘는 댓글들을 제외하고 강동원의 사진이 잘 나온 기사들 위주로 캡처를 떴다. 그리고 메신저를 통해 어머니와 강동원에게 보냈다.

지이잉.

한창 체력 훈련 중이던 강동원은 캡처된 사진을 보고 씩 웃었다.

"뭐야, 형은."

강동원은 잠시 핸드폰에 담긴 자신의 화면을 바라봤다. 어머니가 이 사진을 보고 있을 거라고 생각하니 마음이 뭉클해졌다.

"좋아. 이제부터 시작이다, 강동원."

애써 핸드폰의 전원을 끄며 강동원이 마음을 다잡았다. 한국에서 기사로나마 자신을 보고 있을 어머니를 위해서라도 더 열심히 해야 할 것 같았다.

4

시즌 첫 경기에서 승리를 장식한 강동원은 두 번째 등판인 파드리스 원정에서도 승리를 따냈다. 지난 몇 년간 지구 최약체로 꼽히는 파드리스 타선은 강동원의 변화무쌍한 커브에 제대로 대응조차 하지 못했다.

선발 2연승을 거둔 강동원에게 자이언츠 구단은 다음 등판 경기를 일러주었다.

날짜는 5일 후.

상대는 지구 라이벌 다이아몬드백스.

장소는 자이언츠 파크.

4일 휴식 후 등판이 일반적인 메이저리그에서 드물게 찾아온 5일 휴식이었다.

"하루 차이라도 늘어지면 안 되니까."

강동원은 홈에서 열리는 다이아몬드 백스와의 경기를 대비해 매일 아침마다 운동장에 나와 달리기를 하였다. 이른 아침 아무도 없는 운동장에 강동원의 거친 호흡만 가득 울려 퍼졌다.

2경기에 등판해 2승. 5선발치고는 호성적을 이어가고 있지만 강동원은 방심하지 않았다. 바로 다음에 상대해야 할 선수가 다이아몬드백스의 에이스 작 그레인키였기 때문이었다.

작 그레인키는 사이영 상을 수상한 경험이 있는 최고의 우완 투수 중 한 명이었다. 그를 상대로 승리하기 위해서는 할 수 있는 최선의 준비를 다 해야 했다.

"으, 찝찝해."

운동을 마친 강동원은 곧장 샤워실로 들어갔다.

쏴아아아아!

강동원은 시원하게 뿜어 대는 샤워기의 물줄기를 받으며 가만히 눈을 감았다. 그러자 머릿속으로 영상을 통해 봤던 작 그레인키의 모습이 떠올랐다.

상상 속에서 작 그레인키는 최고였다. 그가 공을 던질 때마다 자이언츠 타자들은 맥을 추지 못했다. 맥없이 방망이를 헛돌리며 작 그레인키 앞에 무릎을 꿇었다.

"후우……."

강동원이 길게 숨을 내쉬었다. 에이스 투수와의 맞대결이다. 긴장되지 않을 수가 없었다.

하지만 강동원은 애써 그 부담감을 떨쳐 냈다.

'아니야. 지레 겁먹을 필요 없어. 난 내가 던질 수 있는 최고의 공을 던지면 되는 거야.'

강동원이 샤워기의 수압을 높였다. 그리고 더 강해진 물줄기를 맞으며 두려움과 맞서 싸웠다.

그 덕분일까.

5일 만에 등판한 경기에서 강동원은 흔들림 없이 투구에 임할 수 있었다.

33장

불박이 선발Ⅱ

"스트라이크 아웃!"

심판의 우렁찬 콜 소리가 경기장에 울려 퍼졌다. 동시에 자이언츠 팬들의 뜨거운 함성이 터져 나왔다.

"후우……."

뜨거운 숨을 내쉬며 강동원이 천천히 마운드를 내려갔다. 그 모습이 중계 카메라에 또렷이 잡혔다.

―강동원 선수! 또 삼진을 잡아냈습니다!

―별명이 닥터 강인데요. 정말 닥터 K의 모습을 과시하며 삼진 8개째를 잡아냅니다!

―네, 정말 대단합니다. 강동원 선수, 이제는 신인이라고

부르기 힘들 것 같습니다. 정말 노련한 투구로 다이아몬드백스 타자들의 방망이를 완전히 잠재우고 있는데요.

–그렇습니다. 오늘 상대가 디백스의 에이스 작 그레인키인데도 불구하고 조금도 물러섬이 없습니다.

–2회 때, 필 골드슈미트의 솔로 홈런만 없었다면 더욱 완벽했을 건데 말입니다.

–그 점은 저 역시 아쉽습니다. 하지만 강동원 선수의 실투라기보다는 필 골드슈미트가 잘 쳤다고 봐야 할 것 같습니다.

더그아웃 벤치에 앉아 강동원은 전광판을 바라봤다. 2회에 1실점 한 것 말고는 6회까지 무실점 호투를 펼치고 있었다.

6이닝 1실점.

이 정도면 선발 투수로써 제 몫을 다했다고 봐도 무리는 아니었다. 하지만 강동원은 웃을 수 없었다. 점수가 1 대 1이었기 때문이다.

'쩝, 타자들이 조금만 더 힘을 내줬으면 좋겠는데…….'

강동원은 살짝 아쉬운 마음이 들었다. 타자들이 한 점만 더 뽑아준다면 승리 투수 자격을 얻을 수 있었다. 1 대 1에서 승패 없이 물러나는 건 너무나 아까운 일이었다.

하지만 강동원은 이내 고개를 저었다. 상대 투수는 다이아몬드백스의 에이스이자 내셔널리그 최고의 우완 투수 중 한

명인 작 그레인키였다.

게다가 작 그레인키는 오늘 컨디션이 무척이나 좋아 보였다. 그를 상대로 타자들이 1점이라도 쫓아가 준 걸 고맙게 생각해야 했다.

"투구 수가 좀 많긴 하지만 오래 쉬었으니까 7회도 올라갈 수 있으려나?"

강동원이 슬쩍 브루스 보체 감독을 바라봤다. 브루스 보체 감독이라면 자신의 속마음을 알아줄 것이라 믿었다.

그러나 브루스 보체 감독은 다음 이닝에 교체할 것이라고 사인을 보냈다.

1 대 1. 살얼음판 같은 상황에서 한계 투구 수에 다다른 강동원을 계속 끌고 가기가 어려웠던 것이다.

"강, 감독님이 수고 많았다고 전해 달래."

대타 문제로 고심 중인 브루스 보체 감독을 대신해 데이브 라이트 투수 코치가 다가와 강동원의 어깨를 두드렸다.

"알겠습니다."

강동원은 고개를 주억거렸다. 아쉬움이 없다면 거짓말이겠지만 최선을 다한 만큼 후회는 없었다.

이날 경기는 자이언츠의 불펜진이 흔들리면서 다이아몬드백스의 4 대 1 승리로 돌아갔다.

강동원은 6이닝 4피안타 1실점 8삼진을 기록했다. 다이아몬드백스의 작 그레인키는 8이닝을 1실점으로 틀어막으며 승리 투수가 됐다.

애리조나 언론은 작 그레인키가 신인 강동원의 콧대를 꺾어놓았다고 보도했다.

그러나 샌프란시스코 언론은 강동원이 작 그레인키보다 더 뛰어난 탈삼진 능력을 선보였다며 애리조나 언론의 일방적인 주장을 비웃었다.

다이아몬드백스-로키스로 이어지는 홈 7연전을 성공리에 마친 자이언츠는 인터 리그에 들어갔다.

상대는 아메리칸리그의 강팀, 로열스.

2연전의 첫 경기 선발로 강동원이 예정되어 있었다.

캔자스시티로 가는 비행기 안에서 대부분의 자이언츠 선수들은 골아 떨어져 있었다. 이동 시간이 긴 메이저리그에서는 이동 중에 잘 자는 선수들이 시즌 막판까지 잘 버틸 수 있었다.

평소 강동원도 비행기만 타면 곯아떨어지는 축에 들었다. 하지만 생에 처음으로 아메리칸리그 팀을 상대한다는 부담감 때문일까. 강동원은 쉽사리 눈을 붙이지 못하고 있었다.

“타석에 서지 않는 게 어떤 결과로 이어질지 모르겠어.”

강동원이 창밖을 바라보며 혼잣말처럼 중얼거렸다. 그러자 옆 자리에 앉아 있던 비스트 포지가 슬그머니 몸을 일으켰다.

“강, 피곤할 텐데 잠깐이라도 푹 쉬는 게 어때.”

“그러고 싶은데 오늘은 별로 잠이 오지 않네요.”

“뭐야? 왜 그래? 설마 인터 리그라서 긴장이라도 하고 있는 거야?”

“뭐…… 조금요?”

“하하. 농담 말라고. 강. 인터 리그라도 해도 별거 없어. 그냥 내셔널리그 원정 가는 것과 마찬가지라고.”

“하지만 지명타자 제도잖아요.”

“물론 그렇긴 하지. 만만한 투수를 대신해서 까다로운 지명타자를 상대하는 건 골치 아프다고. 그러나 그건 상대도 마찬가지야. 그러니까 너는 다른 것 신경 쓰지 말고 네 공만 던져. 그럼 분명 이길 테니까.”

비스트 포지가 강동원의 어깨를 두드렸다. 그러고는 언제 떠들었냐는 듯 다시 숙면 모드로 전환했다.

그런 비스트 포지를 바라보며 강동원이 피식 웃음을 흘렸다.

“그래, 포지 말이 맞아. 내 공을 던지면 되는 거야.”

강동원은 애써 잠을 청했다. 그리고 다시 눈을 떴을 때 전세기는 어느새 캔자스시티에 도착해 있었다.

6

"강! 첫 인터 리그인데 소감이 어때요?"

"로열스는 강팀입니다. 잘 막아낼 자신 있나요?"

경기 전 기자들은 강동원에게 질문을 퍼부었다. 루키인 강동원을 압박하다 보면 흔들릴 수밖에 없다고 생각한 모양이었다.

하지만 강동원은 비스트 포지의 안정적인 리드 속에 7이닝 2실점으로 승리를 챙겼다.

피안타는 단 4개. 사사구 없이 무려 9개의 탈삼진을 뽑아내며 로열스 강타선을 침묵하게 만들었다.

로열스 원정 2연전을 전부 쓸어 담은 뒤 자이언츠는 로키스 원정을 거쳐 다시 홈으로 돌아왔다. 자이언츠 파크에는 숙명의 라이벌 다저스가 먼저 와 기다리고 있었다.

박건호는 선발 로테이션에 따라 다저스와의 첫 경기에 선발로 나섰다. 상대 선발은 다저스의 일본인 투수 마에다 켄타로였다.

"메이저리그라고는 하지만 일본은 일본이니까."

강동원은 단단히 마음을 먹었다. 다른 투수도 아니고 일본인 투수인 마에다 켄타로에게 패배하고 싶은 마음은 눈곱만큼도 없었다.

하지만 강동원은 마에다 켄타로와 승패를 나누지 못했다. 6이닝 5피안타 2실점 삼진 7개. 선발 투수로서 나무랄 데 없는 기록이었지만 타선이 터지지 않으면서 승패 없이 물러났다.

"젠장, 한 이닝 정도는 더 던질 수 있었는데!"

마에다 켄타로보다 먼저 강판을 당한 강동원은 자존심이 상했다. 투구 수만 놓고 보자면 한 이닝 정도 더 던질 수 있었는데도 일찍 교체를 지시한 브루스 보체 감독이 처음으로 미워질 정도였다.

하지만 결과적으로 브루스 보체 감독의 선택은 틀리지 않았다.

7회와 8회, 9회 불펜진을 가동해 3이닝을 꽁꽁 틀어막은 뒤 마지막 9회 말에 대타 카드를 써서 경기를 뒤집어 버린 것이다.

"그래! 이 맛에 야구 하는 거지!"

강동원은 팀의 승리에 활짝 웃을 수 있었다. 반면 강동원보다 1이닝을 더 던졌던 마에다 켄타로는 팀의 패배 앞에 고개를 숙이고 말았다.

나흘 후, 강동원은 파드리스와의 홈경기에 선발 등판했다.

강동원은 파드리스 킬러란 별명답게 빼어난 투구를 펼쳤다.

8이닝 5피안타 11K 무실점.

강동원은 올 시즌 최고의 활약 속에 시즌 3승째를 거두었다. 이로써 명실상부 파드리스의 천적으로 등극하게 되었다.

이날 강동원이 승리하면서 자이언츠는 다저스를 두 경기 차로 따돌리고 4월 서부 지구 1위를 차지했다.

〈내셔널리그 서부 지구 순위〉

1위 자이언츠 17승 9패 승률 0.654

2위 다저스 15승 11패 승률 0.577 -2.0

3위 로키스 13승 13패 승률 0.500 -4.0

4위 다이아몬드 백스 11승 15패 승률 0.423 -6.0

5위 파드리스 9승 17패 승률 0.346 -8.0

4월 한 달간 강동원은 5경기에 선발 등판했다. 그중 세 경기에서 승리를 거두었고 평균 자책점은 1.32(34이닝 5실점)를 기록했다.

덕분에 강동원은 자이언츠 구단에서 수여하는 4월의 최우수 투수상을 수상했다. 하지만 메이저리그 4월의 신인상 수상은 아쉽게도 실패했다.

그래서인지는 몰라도 5월로 접어들면서 강동원의 상승세가 잠시 꺾였다.

5월 첫 선발 레즈 원정 경기 때까지는 아무 문제가 없었다.

7이닝 1실점.

시즌 4승째를 챙기며 벌써부터 내셔널리그 신인왕 후보로 이름을 올렸다.

문제는 7번째 등판인 메츠와의 경기에서 벌어졌다.

"하, 컨디션 조절 좀 잘해두는 건데……."

무리한 체력 운동에 장거리 이동의 피로가 겹치면서 구속이 떨어지고 제구력이 흔들렸다.

결국 강동원은 이날, 6이닝 5실점으로 부진하면서 메이저리그 데뷔 이후 첫 패전을 기록하게 됐다.

"강동원 선수, 오늘 결정적인 순간마다 안타를 허용하며 5실점을 기록했는데요. 벌써 한계에 도달한 걸까요?"

"솔직히 메이저리그 일정은 메이저리그에 막 올라온 투수가 소화하기에 부담이 있습니다."

"자이언츠 팬들은 걱정이 많을 것 같습니다. 강동원의 5선발답지 않은 투구가 상승세의 원동력으로 작용했다는 의견이 많았는데요."

"어쩌면 한두 경기 정도는 더 부진할지도 모르겠습니다. 하지만 그 부진이 장기화된다면 자이언츠도 새로운 5선발 투수를 찾아야 할 겁니다."

전문가들은 강동원이 이대로 무너질지도 모른다고 경고했다. 샌프란시스코 언론들도 강동원을 보다 충분히 관리할 필요가 있다고 지적했다.

브루스 보체 감독은 갑작스러운 강동원의 컨디션 난조에 대해 아무 말도 하지 않았다.

그저 강동원이 스스로 이겨내기를 바랐다. 메이저리그에서 살아남기 위해서는 슬럼프를 알아서 극복해 낼 필요가 있었다.

메디슨 범가드너는 자신만의 방식으로 힘들어하는 강동원을 위로했다.

“어이, 애송이! 여긴 메이저리그야. 알아? 메이저리그라고! 메이저리그는 정글 같은 곳이야. 이제 좀 살만하다고 방심하는 순간 지난 경기처럼 뱀이 와서 콱! 물어버릴 거라고. 그러니까 정신 똑바로 차려. 알았어?”

강동원은 메디슨 범가드너의 조언을 가슴깊이 새겼다. 그리고 다음 경기를 위해 컨디션을 끌어올렸다.

그 결과, 강동원은 다저스 홈경기에서 6이닝을 소화하며 팀의 승리를 이끌었다.(5피안타 3실점.)

애석하게도 승패 없이 물러났지만 메츠전의 아쉬움은 어느 정도 달랠 수 있었다.

“좋아. 다시 시작하면 되는 거야.”

강동원은 다저스전을 도약점으로 삼았다.

그리고 다음번 경기인 카디널스 원정을 철저하게 준비했다.

특별히 무리해서 운동하지도 않았고 컨디션 조절을 위해

최선을 다했다. 덕분에 강동원은 7이닝 2실점으로 빼어난 경기를 펼치며 중계진의 찬사를 받았다.

그러나 이번에도 승리와는 인연이 없었다. 충분히 호투를 펼쳤지만 타선이 전혀 도움을 주지 못했다.

이날 경기에서 자이언츠는 무득점으로 경기를 마쳤다. 덕분에 강동원은 시즌 2패째를 떠안게 됐다.

"괜찮아, 잊어버리자. 매번 이길 수는 없는 거잖아."

강동원은 애써 웃으며 패전의 아픔을 달랬다. 그리고 나흘 뒤 브레이브스전에 마운드에 올랐다.

내셔널리그 최하위에 머물고 있는 브레이브스는 현재 리빌딩이 진행 중이었다. 그렇다 보니 전력이 안정화되지 않았다.

강동원은 다소 어수선한 브레이브스 타자들을 상대로 11개의 탈삼진을 훔쳐 내며 6이닝(2실점)을 소화했다. 그리고 오랜만에 승리를 챙겼다.

시즌 5승째.

아직 5월이 끝나지 않은 상황에서 목표였던 10승의 절반을 채워 넣었다.

자이언츠의 슈퍼 루키 강동원! 벌써 5승!

내셔널리그 신인왕 1순위. 강동원!

언론들은 앞다투어 강동원의 활약상을 보도했다. 샌프란시스코 지역 언론은 강동원이 벌써 신인왕을 예약했다며 호들갑을 떨기도 했다.

그러나 강동원은 언론의 반응에 일희일비하지 않았다. 그저 묵묵하게 다음 경기를 준비했다.

4일 휴식 후 강동원은 내셔널스와의 홈경기에 선발 등판했다.

내셔널스는 메츠와 더불어 내셔널리그 동부 지구 1, 2위를 다투는 강팀이었다. 앞서 격파한 브레이브스와는 느낌이 전혀 달랐다.

그래서일까.

강동원은 7이닝 3실점을 기록하며 나름 선방했으나 승리와 인연이 닿지 않았다. 그렇게 5월 일정이 끝이 났다.

5월이 끝나자 전문가들은 강동원의 월별 성적을 두고 냉정한 평가를 시작했다.

강동원은 5월 6경기에 나서 2승 2패, 평균 자책점 3.69(39이닝 16실점)을 기록했다.

객관적으로 보자면 심각하게 부진한 성적은 아니었지만 4월의 활약이 워낙 뛰어난 탓인지 5월의 강동원은 확실히 기세가 꺾인 듯한 느낌마저 들었다.

–강동원의 래퍼토리는 뻔합니다. 빠른 공으로 윽박지른 뒤 커브로 타자들의 방망이를 빼앗으려 하죠. 강동원이 빠른 구속과 제구력을 갖고 있다고 하지만 솔직히 식상함을 감추기 어렵습니다.

–제 생각도 같습니다. 매번 포심 패스트볼 다음은 커브. 항상 똑같은 공만 던지니까 타자들도 그게 눈에 익은 겁니다. 강동원이 지금보다 잘 던지기 위해서는 패턴에 좀 더 신경 쓸 필요가 있어 보입니다.

전문가들은 기다렸다는 듯이 강동원에 대한 아쉬움을 늘어놓았다. 몇몇 전문가는 4월 성적은 무시한 채 5월 성적만 가지고 강동원에게 선발 자격이 없다는 독설을 쏟아냈다.

그러나 정작 자이언츠 구단은 강동원에 대해 별다른 불만이 없었다. 오히려 힘든 시기를 잘 이겨내고 있는 강동원이 대견하기만 했다.

4월의 뛰어난 활약 덕분에 강동원은 어느새 메이저리그에서 요주의 선수가 되었다.

운 좋게 선발 자리를 차지한 루키가 아니라 팀 전력에 확실한 힘을 보태는 선발 투수로 인정받게 된 것이다.

각 구단은 전략 분석원을 총동원해 강동원의 모든 걸 파헤쳤다. 그 과정에서 수많은 강동원의 약점이 드러났다.

"크윽, 오늘은 좀 힘들겠는 걸."

뭔가 단단히 준비한 듯한 상대를 만날 때마다 강동원도 마음 한구석이 답답해졌다. 하지만 강동원은 불평 대신 자신의 능력으로 그 위기를 넘기려 노력했다. 그 결과물이 바로 탈삼진이었다.

강동원의 경기당 탈삼진 개수는 8.8개.

이닝당 탈삼진은 무려 1.29개였다.

강동원이 5월에 잡아낸 삼진은 50개로, 4월보다 6개나 더 많았다.

브루스 보체 감독은 누구보다 강동원의 시원시원한 탈삼진 능력을 좋아했다.

그래서 강동원을 평가할 때 경기 결과만큼이나 탈삼진을 중요한 잣대로 삼았다.

그런 점에서 브루스 보체 감독은 강동원에 대해 걱정하는 건 쓸데없는 기우일 뿐이라며 단언했다.

"강은 이제 막 메이저리그에 적응하고 있는 선수입니다. 아직 시즌이 많이 남았는데도 벌써 5승을 거두었죠. 자이언츠 투수 중 5승을 기록한 건 에이스인 메디슨 범가드너와 2선발 제니 쿠에토뿐입니다. 나는, 강이 4월에 비해 조금 부진했다고 해서 선발 자격을 운운하는 건 도저히 이해가 가지 않습니다. 어느 정도 장단점이 노출되면서 다소 버거운 5월을 보내긴 했지만 강은 여전히 물러섬이 없는 좋은 투수입니다."

메디슨 범가드너도 한손 거들었다.

"강이요? 하하. 강은 누가 뭐래도 자이언츠의 미래입니다. 그래서 난 단호하게 말할 수 있습니다. 나의 에이스 자리를 이어받을 사람은 강동원밖에 없다고 말입니다."

메디슨 범가드너에 이어 다른 동료들도 강동원을 아끼고 독려했다.

자이언츠 구단에서는 강동원을 위해 특별 휴가까지 주겠다고 나섰다.

하지만 강동원은 특별 휴가를 거절했다. 쉬어봐야 딱히 할 것도 없는데다가 시즌이 한창인데 혼자만 휴가를 간다는 것은 이치에 맞지 않다고 생각했다.

자이언츠 구단에서는 한국에 한번 다녀오는 건 어떠냐고 권유했지만 강동원은 이번에도 고개를 저었다.

지금처럼 주춤한 모습으로는 어머니를 뵐 면목이 없었기 때문이다.

강동원의 뜻이 단호하자 자이언츠 구단에서도 더 이상 휴식을 권하지 않았다.

다만 필요한 게 있다면 무엇이든지 말해달라고 전했다. 구단에서 할 수 있는 일이라면 무엇이든 돕겠다는 의사도 함께 전달했다.

"구단에서 이렇게까지 해주는데, 더 잘해야겠어."

강동원은 절치부심 6월을 준비했다.

6월의 첫 상대는 브루어스였다. 내셔널리그 중부 지구에서 컵스, 카디널스, 파이어리츠에 치여 4위에 머무르고 있었지만 만만찮은 공격력을 자랑하는 팀이었다.

이날 강동원은 전반적으로 공이 높았다. 잘해야겠다는 의지가 과한 탓인지 중요한 순간에 자꾸 실투를 던졌다.

7이닝 6피안타 4실점.

이닝 소화 능력은 좋았지만 경기 결과만 놓고 보자면 합격점을 주기 어려웠다. 그러나 타자들이 안타와 홈런포를 연달아 쏘아 올리며 경기는 자이언츠의 승리로 돌아갔다. 강동원은 씁쓸하게 웃으며 승리 투수에 이름을 올렸다.

6승을 챙긴 강동원은 다음 경기에서 트윈스를 홈으로 불러들였다.

행운이 따랐던 승리로 부담을 떨쳐 낸 강동원은 언제 그랬냐는 듯 앞선 경기의 부진을 씻어내며 깔끔한 투구를 선보였다.

트윈스에선 한국 출신 메이저리거 박병후가 5번 타자로 나섰다.

히어로즈 소속으로 2년 연속 MVP를 수상하고 메이저리그 도전을 선택한 박병후는 지난 2016시즌을 힘겹게 보내야

했다.

시즌 초반부터 홈런포를 쏘아 올리며 주목을 받았지만 이후 패스트볼을 공략하지 못하는 부진에 빠져든 것이다.

시즌 중반 마이너리그로 내려간 박병후는 올 시즌 초 지명할당을 당하는 치욕을 겪으면서도 메이저리거의 꿈을 포기하지 않았다. 그리고 스프링 캠프에서 맹활약한 뒤 실력으로 당당하게 5번 타자 자리를 꿰찼다.

6월이 시작된 시점에서 박병후는 0.296의 타율과 9개의 홈런을 기록하고 있었다. 작년에 비해 홈런 페이스가 다소 주춤하긴 했지만 정확도 있는 공격으로 트윈스의 중심 타순에서 꾸준히 활약을 하고 있었다.

"강동원 선수와 좋은 승부를 펼쳐 보고 싶습니다."

경기 전 인터뷰에서 박병후는 강동원에 대한 강한 자신감을 내비쳤다.

강동원이 자이언츠의 슈퍼 루키로 불리고 있긴 하지만 경험상 자신이 충분히 상대할 만하다고 판단한 것이다.

그러나 정작 맞대결은 강동원의 압승으로 끝이 났다.

강동원은 트윈스를 상대로 7이닝 3피안타 삼진10개로 눈부신 호투를 펼쳤다.

실로 오랜만의 무실점 경기였다. 그만큼 강동원의 컨디션은 좋아보였다.

강동원은 박병후와의 세 차례 맞대결을 전부 범타로 돌려세웠다. 삼진도 하나 추가했다.

2년 연속 두 자릿수 홈런이 고팠던 박병후였지만 강동원의 패기 넘치는 피칭 앞에서는 꼼짝을 하지 못했다.

경기 직후 강동원은 박병후와 따로 만났다.

“야, 너 장난 아니더라?”

“저야말로 선배님 스윙 소리 때문에 심장이 쪼그라들었는걸요.”

“하하, 짜식. 그래 놓고 좋은 공 하나도 안 던져 주냐?”

“제가 지금 선배님 대접해 드릴 짬이 아니라서요.”

“아무튼 잘했다. 비록 삼진은 먹었지만 솔직히 너 잘 던지는 모습 보니까 괜히 기분 좋다.”

박병후의 성격은 생긴 것만큼이나 시원시원했다. 덕분에 강동원은 박병후와 급속도로 친해졌다.

과거 오승완과의 만남도 그랬지만 한국인 메이저리거들은 만나면 그냥 헤어지는 법이 없었다. 박병후도 2년 차 메이저리거로서의 경험과 고민들을 강동원과 공유하고자 했다.

강동원도 먼저 와 챙겨주는 선배 박병후의 배려가 고맙기만 했다.

“이럴 게 아니라 우리 밥 먹으면서 이야기하자.”

“저 그럼 간단히 씻고만 오겠습니다.”

"그래, 우리 딱 한 시간 있다가 보는 거야. 알았지?"

"네, 선배님."

박병후는 근처에 근사한 레스토랑을 예약해 놓고 강동원을 기다렸다.

하지만 강동원은 박병후와 약속한 시간에 가지 못했다. 인터뷰 때문에 시간을 할애하다 보니 두 시간이 훌쩍 지나 버렸다.

"이크, 큰일 났네."

강동원은 부랴부랴 박병후가 기다리고 있는 레스토랑으로 향했다. 문을 열고 들어가자 저 멀리서 박병후가 손을 들었다.

"동원아, 여기."

"선배님."

강동원이 미안한 얼굴로 서둘러 그쪽으로 갔다.

"죄송합니다, 선배님."

강동원이 깍듯이 인사를 했다. 그러자 박병후가 강동원을 뜯어말렸다. 미국에 와서까지 그럴 필요 없다며 강동원을 편하게 대해줬다.

"참, 내가 그 이야기 했던가?"

"어떤 이야기요?"

"네가 이겼으니까 밥은 네가 계산해야 한다는 거!"

"네? 아니, 선배님. 선배님이 쏘신다고 해서 저 지갑도 놓고 왔는데…….”

“뺑치지 마, 인마. 아까 너 들어올 때 뒷주머니 불룩한 거 봤거든?”

“지, 지갑은 있지만 현금은 없습니다.”

“여긴 카드도 가능해.”

“카드에 잔액이 부족합니다.”

“크흐흐. 알았다, 윤석아. 내가 설마하니 너 뜯어먹으려고 그랬겠냐?”

식사 자리에서의 박병후는 야구장보다 더 짓궂었다. 강동원도 자신을 친동생처럼 대해주는 박병후가 싫지 않았다.

“알았지? 앞으로는 편하게 병후 형이라고 불러.”

“네, 형!”

두 사람이 인사를 나누고 박병후가 자연스럽게 입구 쪽으로 시선이 갔다. 그 순간 박병후의 얼굴이 환하게 바뀌었다.

“어, 여보 여기야!”

박병후가 손을 흔들자 노란 미니원피스를 입은 귀여운 외모의 여성이 다가왔다.

“동원아, 인사해. 우리 마누라.”

“아, 네에. 안녕하세요, 형수님.”

“어머, 강동원 선수. 티비에서 많이 봤어요. 정말 반가워요.”

박병후의 아내 이지연은 전직 아나운서 출신답게 다소곳

한 모습으로 강동원에게 인사했다.

강동원도 얼른 자리에서 일어나 냉큼 고개를 숙였다.

그러다 주문한 애피타이저가 나오자 다시 슬그머니 엉덩이를 붙이고 스푼을 집어 들었다.

그 모습을 지켜보던 이지연이 야구 선수들은 다 똑같다며 풋 하고 웃음을 터뜨렸다.

“그런데 남편하고 이야기는 좀 했어요?”

“그럼. 당신 오기 전까지 우리 엄청 떠들었다고. 그치, 동원아?”

“그래요? 그럼 내가 방해한 거예요?”

“에이, 아닙니다! 형수님. 앉으세요, 앉으세요.”

“근데, 동원 씨는 실물로 보니까 더 잘생겼네.”

“과, 과찬입니다. 형수님이야말로 듣던 대로 미인이십니다.”

“어머, 립서비스도 좋고. 우리 앞으로 자주 봐요.”

“하하. 저야 영광이죠.”

이지연은 남편 박병후의 경기도 보고 샌스란시스코 구경도 할 겸해서 같이 넘어왔다고 했다.

본래는 경기가 끝나고 먼저 미네소타로 돌아갈 예정이었지만 박병후가 강동원을 만난다는 이야기를 듣고 강동원을 꼭 보고 싶어서 비행기 시간까지 늦추며 이곳까지 찾아왔다며 덧붙였다.

"그런데, 동원 씨. 너무한 거 아니에요?"

"네……?"

"오늘 남편한테 삼진도 빼앗고. 안타도 하나도 안 줬잖아요."

"맞아! 당신이 동원이 좀 혼내줘!"

"아…… 그게 또 경기장에 들어서면 승부라고 생각하다 보니까 조금 냉정해지더라고요."

"호호. 그건 남편하고 똑같네요. 남편도 승부 앞에서는 물불 안 가리는 성격이거든요."

"아, 그래요? 아까 병후 형이 후배에게 관대한 선배라고 하셨는데……."

"크흠. 이상한 이야기 그만하고. 동원아, 넌 여자 친구 있어?"

괜히 머쓱해진 박병후가 화제를 돌렸다. 그러자 강동원이 눈을 똥그랗게 떴다.

"저, 저요?"

"뭐야? 없어? 없는 거야, 비밀인 거야?"

"그게…… 저도 있었으면 좋겠습니다."

"어머! 정말 없어요? 그럼 내가 소개팅 한번 해줄까요? 내 주변에 동원 씨 좋다는 동생 많은데."

"저, 정말요?"

"그런데 연상도 괜찮아요?"

“저, 저야 뭐 형수님 같은 분이라면…….”

“짜식이 보는 눈은 있어가지고는.”

박병후가 씩 웃었다. 그러고는 기다렸다는 듯이 아내에 대한 자랑을 늘어놓았다.

“우리 와이프가 있잖아. 성격 좋지. 얼굴도 예쁘지. 밥도 꼬박꼬박 챙겨주지. 어쩔 땐 청소하라고 화내는 모습도 귀엽다니까.”

“어이고, 그러셨어요?”

“심지어 나 때문에 한국에서 보약까지 지어오는 거 보고 완전 반해 버렸잖아. 이러니 내가 우리 와이프를 안 사랑할 수가 있나!”

“어머? 남편, 내 앞에선 그런 말 한 번도 안 했잖아요.”

“그거야 당신한테 얘기하기는 부끄러우니까 그랬지…….”

박병후가 이지연을 꼭 끌어안았다. 그러자 이지연이 행복한 표정을 지었다.

그 모습을 부러운 듯 바라보며 강동원은 처음으로 자신도 여자 친구가 있었으면 좋겠다는 생각이 들었다.

“우리 와이프는 내가 운동에 전념할 수 있게 많은 것을 도와줬어. 그때 느꼈지. 아, 이 사람은 나한테 정말 필요한 존재구나라고. 너도 그런 사람 한 명쯤 있으면 좋잖아? 외로울 때 함께 얘기할 수도 있고.”

박병호의 그 말이 강동원의 가슴을 후볐다. 그리고 결심한 듯 이지연을 바라보며 외쳤다.

"형수님!"

"네?"

"저도 여자 친구 만들고 싶습니다! 아는 동생 많다고 하셨죠? 소개팅 시켜주십시오!"

그러자 이지연이 미소를 반짝이며 웃었다.

"호호, 그래요 뭐, 한국 가면 동생들한테 물어볼게요. 우선은 우리 이렇게 만난 기념으로 사진이나 한 장 찍어요."

강동원은 얼떨결에 박병후 부부와 함께 사진을 찍었다. 그리고 이지연은 이 사진을 짧은 글과 함께 sns에 올렸다.

#강동원_선수가_애인_구한다고_합니다._관심_있으신_분은_연락주세요.

식사를 마친 다음 날.

"으음?"

이지연은 핸드폰이 미친 듯이 울려대는 통에 잠에서 깼다.

"여보, 이것 봐. 어제 올린 사진에 댓글이 벌써 3백 개가 넘어!"

"뭐? 정말?"

"동원 씨 인기 상당한데? 남자가 단 댓글도 많지만 여자들 댓글이 엄청나."

"하하. 짜식. 이러다 정말 여자 친구 생기는 거 아냐?"

이지연은 이 정도면 강동원의 여자 친구를 구하는 건 시간 문제라고 여겼다.

하지만 반나절 만에 댓글이 5천 개를 넘어서자 생각이 바뀌었다. 이틀 만에 2만 개의 댓글이 달린 이후로는 댓글을 일일이 확인할 엄두조차 내지 못했다.

"이거 내가 괜한 짓을 한 건가?"

이지연이 살짝 질린 얼굴로 핸드폰을 내려놓았다. 그저 가벼운 마음으로 올린 사진인데 이 정도 반응이라면 사명감을 가지고 강동원의 여자 친구를 구해 줘야 할 것 같았다.

트윈스 전을 끝마친 강동원은 콜로라도로 원정을 떠났다.

로키스의 홈구장 쿠어스 파크는 해발고도 1600m인 곳에 위치해 있었다. 고도가 높아 투수들의 무덤이라고도 불리는 곳이었다.

4연전 중 세 번째 경기에 선발 등판한 강동원은 쿠어스 파크의 위압감을 제대로 실감했다. 숨 쉬는 것부터 벅차서 실력을 제대로 발휘하기가 쉽지 않아 보였다.

특히나 트윈스전에 위력을 보였던 포심 패스트볼의 움직

임이 좋지 않았다. 특별히 컨디션이 나쁜 게 아닌데도 불구하고 연습 투구 때부터 포심 패스트볼은 밋밋하게 날아갔다.

그러나 강동원은 흔들리지 않았다. 포심 패스트볼을 대신해 커브가 평소보다 더욱 위력적인 움직임을 보여주었기 때문이다.

"좋아. 이렇게 된 거 모 아니면 도다."

강동원은 쿠어스 파크에 빠르게 적응했다. 그 결과 6이닝 9피안타 9탈삼진 4실점의 기형적인 성적을 기록했다.

9피안타는 올 시즌 최다였다. 그런데도 9개의 탈삼진을 잡아내며 닥터 K로서의 면모를 이어갔다. 비록 타선의 부진 속에 또다시 패전의 멍에를 짊어져야 했지만 언론은 강동원의 화끈한 투구 스타일에 긍정적인 평가를 내렸다.

낯선 쿠어스 파크에서의 등판을 마친 강동원은 다시 브레이브스를 상대하게 됐다.

"강! 이 녀석들은 동부 꼴찌야. 이딴 녀석들한테 지면 국물도 없어!"

메디슨 범가드너가 언제나처럼 강동원에게 으름장을 놓았다. 선발 순서를 떠나 강동원은 꼭 이겨야 하는 투수라며 정신 바짝 차리라고 압박했다.

덕분에 강동원은 브레이브스를 상대로 7이닝 1실점 호투를 펼쳤다. 이미 한 차례 좋은 결과를 낸 상대라 특별히 위기를 맞이하지도 않았다.

브레이브스와의 원정 경기를 마치고 자이언츠는 다시 샌프란시스코로 돌아왔다.

자이언츠의 상대는 로키스였다.

"흥! 지난번엔 어이없게 얻어맞았지만 이번에는 어림없어."

복수를 다짐하고 마운드에 오른 강동원은 되살아난 포심 패스트볼을 앞세워 로키스 타자들을 힘으로 찍어 눌렀다.

포심 패스트볼 하나만 좋았다면 어떻게든 노리고 공략했겠지만 리그 최고 수준으로 꼽히는 커브가 뒤섞이면서 로키스 타자들은 속수무책으로 강동원에게 당할 수밖에 없었다.

-와우! 저기 보십시오. 강동원 선수! 또다시 삼진을 잡아냅니다!

-벌써 7개째입니다. 대단합니다. 얼빠진 표정의 로키스 감독. 믿을 수 없다는 얼굴로 고개를 가로젓고 있습니다! 마치 강동원의 도핑 테스트를 재검사해야 되는 게 아니냐는 표정 같은데요.

-코치들도 심판에게 스트라이크 판정이 너무 과하다며 불만을 늘어놓고 있네요.

-하지만 이건 누가 봐도 스트라이크입니다. 강동원 선수

가 잘 던진 것이지 심판의 판정에는 별다른 문제가 없어 보입니다.

–오늘 구심은 확실히 일관성을 보였으니까요.

–문제는 로키스 타자들이죠. 지난 쿠어스 파크에서의 경기는 머릿속에서 지울 필요가 있어 보입니다. 지난 경기를 생각해서인지 스윙이 지나치게 큽니다.

–저런 터무니없는 스윙으로는 강동원의 공을 맞춰내기가 쉽지 않을 겁니다.

중계진의 호평 속에 강동원은 이날 7이닝 4피안타 1실점, 삼진을 무려 11개를 잡아내는 위력투를 펼쳤다.

이것으로 강동원의 6월 등판 일정도 모두 끝이 났다.

6월 5경기 4승 1패.

평균 자책점 2.65(34이닝 10실점)

삼진은 45개(1경기당 9개, 1이닝당 1.32개)였다.

34장
올스타 브레이크 때 생긴 일 I

1

"어후, 덥다 더워!"

햇볕이 쨍쨍 내리쬐는 7월.

강동원은 디트로이트로 원정을 떠났다.

이날 강동원은 6이닝 5피안타 3실점으로 퀄리티스타트를 기록했다.

장거리 여정 때문에 실투가 늘어나면서 4회에만 3안타를 몰아 맞고 3점을 내주긴 했지만 전반적으로 나쁘지 않은 투구였다. 그러나 타자들이 부진하는 바람에 팀이 패배를 하고 말았다.

강동원의 전반기 마지막 경기 상대는 마린스와의 홈경기였다.

강동원은 이날 7이닝을 소화하며 체력적으로 아무런 문제가 없다는 사실을 모두에게 보여주었다.

피안타는 단 4개. 장타가 섞이면서 2실점 하긴 했지만 애석하게도 승리와는 인연이 없었다. 6월 말부터 이어진 자이언츠 타자들의 타격 부진이 계속 이어진 것이다.

"승패에 연연하지 말자."

강동원은 애써 씁쓸한 마음을 삼켰다. 실점이 많았을 때 타자들의 도움으로 승리를 하거나 패전을 면한 적도 적지 않았다. 그래서 투수들은 승패를 하늘에 맡겨놓곤 했다.

그래도 전반기 18경기에서 거둔 강동원의 성적은 내셔널리그 신인왕에 가장 가까운 편이었다.

총 18경기에 선발 등판해 9승 4패.

평균 자책점은 2.70.

120이닝을 소화했고 36실점(36자책)을 기록했다.

그리고 탈삼진을 152개나 잡아냈다.

"10승을 채웠으면 더 좋았을 텐데."

강동원은 9라는 숫자에서 멈춰 선 승수가 아쉬웠다. 특히나 7월의 두 경기에서 잘 던지고도 승리를 챙기지 못한 게 뒤늦게 눈에 밟혔다.

그러나 샌프란시스코 언론을 비롯해 주요 언론들은 강동원의 전반기 성적에 A라는 점수를 주었다.

자이언츠, 강! 전반기 9승. 시즌 목표까지 단 1승 남겨둬

자이언츠의 상승세는 슈퍼 루키 강동원 덕분.

5선발답지 않은 강동원. 메디슨 범가드너와 제니 쿠에토를 든든히 받쳐 주다!

언론들은 강동원의 시즌 초 목표가 10승이었다는 사실을 언급했다. 그리고 전문가들의 기대치가 8승에서 10승 사이였다는 점을 덧붙였다.

후반기 강동원에게 주어질 선발 등판 기회는 최소 14번 정도.

강동원이 18번의 선발 등판 중 절반의 승리를 챙겼다는 걸 감안했을 때 그 페이스가 후반기에도 이어진다면 시즌 성적은 무려 16승에 달했다.

첫 풀타임 선발 시즌에서 아시아계 선수가, 그것도 프로를 거치지 않은 아마추어 선수가 15승 이상의 성적을 거둔다는 건 대단하다 못해 경이로운 기록이었다.

강동원이 그 기록을 바라볼 수 있다는 것 자체만으로도 칭찬을 받아 마땅했다.

게다가 강동원은 승수만 좋은 게 아니었다.

내셔널리그 투수 부분 다승은 공동 11위. 평균 자책점은 7위에 랭크되어 있었다. 그리고 닥터 강이라는 별명답게 탈삼진 순위는 5위였다.

야구팬들은 강동원이 신인상을 받을 거라는 걸 기정사실화했다. 일부 야구팬은 강동원이 올스타전에 나갈지도 모른다며 설레발을 쳐 댔다.

"흠, 내가 올스타전에?"

강동원도 내심 기대가 됐다. 올스타전은 말 그대로 메이저리그 최고의 선수들을 한자리에 모아놓고 치르는 이벤트 경기였다. 선수의 입장에서는 올스타전에 초대된 것 자체가 영광일 수밖에 없었다.

하지만 메이저리그 올스타전에서 투수의 선발은 전적으로 올스타전 감독의 추천에 달려 있었다.

2016년 내셔널리그 챔피언이자 월드시리즈를 제패한 컵스의 조 메이든 감독은 강동원을 뽑지 않았다. 재능 있는 선발자원이 워낙 많은 탓에 강동원까지 신경 쓸 여력이 없었다.

그러자 브루스 보체 감독이 기자들을 통해 강하게 불만을 터뜨렸다.

"강이 올스타전에 뽑히지 않았어요. 조 메이든 감독이 무슨 생각을 한 것인지 이해가 가지 않아요. 강동원은 내셔널리그 투수 중 5번째로 많은 삼진을 잡아냈어요. 게다가 신인

임에도 무려 9승이나 거두었죠. 이 정도면 당연히 올스타에 뽑혀야 하는 거 아닐까요?”

자이언츠의 에이스 메디슨 범가드너도 올스타 선정 인터뷰에서 브루스 보체 감독과 비슷한 발언을 했다.

“올스타전에 뽑힌 건 영광스러운 일입니다. 하지만 팀 성적이 좋아서 내가 뽑힌 거라면…… 나는 그 자리를 강에게 양보하고 싶어요. 강이 없었다면 자이언츠가 이렇게 좋은 성적을 내지는 못했을 테니까요.”

자이언츠의 감독에 이어 에이스까지 강동원의 올스타전 탈락에 이의를 제기하자 야구팬들 사이에서 갑론을박이 벌어졌다.

ㄴ솔직히 틀린 말은 아냐. 강동원 정도면 올스타전에 내보내도 된다고.

ㄴ강동원이 없는 올스타전이라. 솔직히 팥 없는 단팥빵 같은 기분.

ㄴ오버하지 마라. 그래 봐야 루키야. 강동원 정도 던지는 투수는 많다고.

ㄴ하지만 강동원은 단 한 명이지. 범가드너랑 보체 감독도 강동원이 못 나가서 아쉽다고 하잖아.

ㄴ솔직히 강동원이 컵스 선수였다면 아마 무조건 강동원

을 뽑았을걸?

ㄴ그렇게 억울하면 우승해 보지그래, 자이언츠?

ㄴ좋아, 이 자식아. 올 시즌에 누가 월드시리즈에 가나 두고 보자.

특히나 자이언츠 팬들은 강동원이 올스타전에 출전하지 못한 것에 아쉬움을 토했다. 하지만 정작 강동원은 그 부분에 크게 서운해하지 않았다.

"차라리 잘됐어. 이번 기회에 한국 좀 다녀와야겠다."

강동원은 마지막 경기가 끝나는 대로 한국행을 서둘렀다. 구단은 강동원의 귀국을 두 팔 벌려 환영했다.

메이저리그에서 한 시즌을 잘 치르기 위해서는 가족들의 응원이 절대적이었다. 부인은커녕 애인조차 없다는 강동원에게 가족이란 한국에 있는 어머니밖에 없었다.

"한국에 가면 애인 하나 만들라고."

"하하, 노력하겠습니다."

"농담 아냐. 그리고 기왕이면 좀 연상의 여인을 만나 봐. 분명 야구에 도움이 될 테니까."

브루스 보체 감독은 강동원에게 적극적으로 연상을 권했다. 이제 열아홉인 강동원이 연하를 만나기는 어려울 테니 차라리 적당히 나이 차이가 나는, 엄마같이 잘 챙겨줄 수 있는 여자를 만나라는 충고였다.

강동원은 브루스 보체 감독의 말을 농담으로 받아들였다. 그래서 스무 살 연상을 만나보이겠다는 농담으로 되받아쳤다.

“강동원 선수, 가시죠.”

강동원은 자이언츠 직원의 안내를 받으며 구단이 제공해준 1등석에 올랐다. 그리고 그 어느 때보다 편안하게 한국에 도착할 수 있었다.

강동원이 인천 공항에 도착하자 가장 먼저 반긴 것은 에이전트 박동휘였다. 본래 강동원과 함께 한국으로 올 계획이었지만 사업차 일주일 앞서서 한국에 들어와 있었다.

강동원이 박동휘를 발견하고 곧장 손을 흔들었다.

“어, 형!”

“왔어?”

강동원은 박동휘와 짧게 인사를 나눈 후, 대뜸 손부터 내밀었다.

“차키 주세요.”

“야, 너 근데 진짜 괜찮겠어?”

“그럼요. 제가 작년에 면허증 따고 얼마나 기뻐했는데. 그리고 틈틈이 연습했으니까 걱정 마세요.”

강동원은 회귀 전, 화물 기사로 있었던 일을 떠올리며 운전에 대한 자부심을 표했다.

"알았다. 자!"

차키를 받은 강동원이 환하게 웃으며 몸을 돌렸다. 그러자 뒤에서 박동휘가 소리쳤다.

"야, 진짜 나 없어도 되는 거지?"

박동휘의 걱정스러운 물음에 강동원은 말없이 손만 흔들어주었다. 그렇게 강동원이 오래전부터 꿈꿔왔던 강동원표 일탈이 시작됐다.

2

"크으, 얼마 만에 집이냐."

빠르게 고속도로를 내달린 강동원은 눈 깜짝할 사이에(?) 부산에 도착할 수 있었다.

강동원은 차에서 내리지 않고 아파트 출입문 앞쪽에 차를 댔다. 그리고 어머니에게 전화를 걸었다.

하지만 어머니는 전화를 받지 않았다. 두 번, 세 번 연달아 했지만 마찬가지였다.

"뭐지? 엄마 어디 가셨나?"

강동원은 불현듯 불안한 생각이 들었다. 바로 그때.

지이잉.

핸드폰이 흔들리더니 어머니의 문자가 도착했다.

[다 왔니? 엄마 화장 중이니까 좀 기다려.]

"엄마도 참."

강동원이 나직이 한숨을 내쉬었다. 그저 가볍게 드라이브나 가려던 건데 꾸미시는 걸 보니 어머니도 여자는 여자인 모양이었다.

"나도 머리 좀 만져 봐?"

강동원이 선바이저를 내려 얼굴을 살폈다. 비행기 안에서 실컷 잠을 자서인지는 몰라도 머리가 제법 눌려 있었다.

그러나 강동원의 시선은 머리가 아니라 검게 그을린 얼굴로 가 있었다.

"오호라. 이 자식 봐라. 너 뭘 믿고 이렇게 잘생긴 거냐?"

박동휘가 들었다면 한가득 뿜어댔을 말을 스스럼없이 내뱉으며 강동원은 자아도취에 빠져들었다. 그러고는 무슨 자신감이 붙었는지 새로 산 선글라스를 이마 위에 걸치고는 셀카를 한 장 찍었다.

"좋아. 역시 남자는 잘생기고 봐야 한다니까."

강동원은 사진을 자신의 SNS에 올렸다. 그리고 박동휘에게 배운 대로 해시태그를 달았다.

#나의 첫 애마 #첫 데이트 #두근두근 #떨린다

사진을 올리기가 무섭게 가장 먼저 댓글이 달렸다. 강동원을 홀로 부산으로 내려 보낸 박동휘였다.

─벌써 도착했냐? 사고 내지 말고 운전 잘하고. 데이트 잘해라.

ㄴ네, 형. 제 걱정 말고 푹 쉬세요.

그 시각. 새로운 이슈거리를 찾아 인터넷을 뒤적거리던 연예부 기자들의 눈에 강동원의 SNS가 걸려들었다.

"선배님, 이거 좀 보세요."

"뭔데?"

돼지국밥을 한소끔 말아먹고 있던 오현식은 후배 장민환이 내민 스마트 폰을 보고 화들짝 놀랐다.

"얘 그 자이언츠 강동원이잖아. 미국 가 있는."

"네, 맞습니다."

"근데 뭐야? 부산에 왔어?"

"지금 메이저리그가 올스타 브레이크 기간이라서요. 겸사겸사 한국에 온 모양입니다."

"그런데 데이트라. 강동원이 여자 친구가 누구였지? 그 무슨 아이돌이었던 거 같은데?"

"그건 루머로 밝혀졌고요. 공식적인 애인은 없습니다."

"아, 참. 그랬지? 그래서 그 박병후 부인이 SNS에 공개 모집했다가 사과하고 그랬지?"

"네, 맞습니다. 그런데 그 잠깐 사이에 애인이 생긴 모양입니다."

만약 평범한 연예부 기자들이었다면 잠깐 관심을 가진 뒤 식사에 열중했을 것이다. 굳이 야구 선수 강동원이 아니더라도 파야 할 연예인들의 스캔들은 차고 넘쳤다.

하지만 오현식과 장민환, 이 두 사람은 연예인이나 유명인의 사생활과 가십거리를 전문으로 파헤치는 '다스패치' 소속 기자들이었다.

게다가 공교롭게도 둘은 부산 출신의 한 트로트 가수가 문란한 사생활을 하고 있다는 제보를 받고 부산에 내려온 상황이었다.

"다른 애들도 봤겠지?"

"아마도 그렇겠죠?"

"어떨 거 같아? 다른 쪽에서도 강동원에게 관심을 보일까?"

"반반이겠지만 전 아니다는 쪽에 걸겠습니다."

"이유는?"

"아직 덜 여물었을 테니까요."

"오호라. 야구 하느라 바쁜 강동원이 여자를 만나 봐야 이제 초창기일 테니 굳이 지금부터 관심 가질 필요는 없다 이

거지?”

“네, 게다가 강동원은 이제 스물하나입니다. 게다가 전도 유망한 야구 선수고요. 당연히 진지한 연애는 하지 않으려 들겠죠.”

“그렇다면 우리는 어떻게 해야 할까? 버려? 아니면 이쪽으로 돌려?”

“제 생각에는 버리는 게 맞다고 봅니다.”

장민환이 단호한 목소리로 말했다. 강동원보다는 예정대로 트로트 가수 쪽을 파고드는 게 더 짭짤할 것 같았다.

하지만 3년 먼저 입사해 이미 세 개의 굵직한 기사를 터뜨린 오현식의 생각은 달랐다.

“민환아.”

“네, 선배님.”

“너 몇 년째지?”

“아, 이제 3년째입니다.”

“그래서, 건진 건 있고?”

“그게…… 확실하게 장민환 아이템이다 할 만한 건 없습니다.”

“이유가 뭘까?”

“그, 글쎄요.”

“이유는 간단해. 남들 쫓는 거만 쫓고 남들 쫓지 않는 건

같이 내버려 두니까 아무것도 건지지 못하는 거야.”

오현식이 따라놓은 물을 단숨에 들이켰다. 그러고는 비어 있는 의자 위에 팔을 걸며 살짝 거만한 자세를 취했다.

“너, 내가 히트 친 것들 알고 있지?”

“아, 넵. 알고 있습니다.”

“그걸 내가 어떻게 건졌을까? 누가 최설아하고 김승민이 약 빨고 섹스 파티한다고 알려줘서 내가 감사합니다 하고 아이템 받았을까?”

“그, 그럴 리가 있겠습니까.”

“그래, 너도 알다시피 내가 최설아 마약 스캔들 턴 건 최설아하고 끈적끈적한 관계였다는 제일일보 조인문 부사장 쪽 파고들다가 시작한 거고. 조인문 부사장의 사생활이 다른 쪽에서 먼저 터지니까 방향 바꿔서 최설아는 뭐 없나 들여다보기 시작한 거고. 그러다 최설아가 김승민하고 만난다는 사실 알게 된 거고. 처음에는 최설아가 짠해서 넘어가려고 했었는데 일주일쯤 뒤에 김승민이 새벽에 분노의 질주를 했다는 소식을 접한 거고.”

“아…….”

“그렇게 짜 맞추고 짜 맞추다 보니 마약 사건이라는 촉이 와서 파헤친 거고. 그래서 김승민이 어느 클럽에서 마약을 받았는지까지 딱 하고 나온 거 아냐.”

"알죠. 그래서 제가 선배님 존경하고 군말 없이 따라다니는 거잖아요."

"짜식, 군말 없이 따라다니기는. 요새 불만 많으면서."

"그, 그거야……."

"나도 인마, 연예인들이 쉬지 않고 사고쳐 주면 고맙지. 너한테도 나눠 줄 거 생기고. 그런데 그게 쉽냐? 자잘한 것들은 연예 기자들이 먼저 설쳐서 흐지부지되고 너무 굵직한 것들은 또 정부 쪽에서 지랄지랄하고. 쓸 만한 거 터뜨리는 게 쉬운 게 아냐. 운도 따라야 하지만 타이밍이라고, 타이밍."

"아…… 타이밍."

"그런 점에서 난 트로트 가수 장현식이 건은 좀 불안불안해. 왠지 정치권에서 좀 더 키울 느낌이 들거든."

"그렇다면……?"

"그래, 돌리자. 강동원이 이 어린놈의 쉐키가 누구랑 뭔 짓을 하고 있는지 파보자고. 그럼 당장에 기사거리는 안 되겠지만……."

"나중에 충분히 소스로 쓸 수 있겠죠."

"바로 그거야. 그때부터 다른 놈들은 강동원 스캔들에 대해서만큼은 우리 똥구멍 빨고 있어야 할 거다. 어때?"

오현식이 장민환을 바라봤다. 그러자 장민환이 망설이지 않고 고개를 끄덕였다.

"당연히 콜이죠."

"그럼 이러고 있을 때가 아니지. 어디 다른 쪽에서 붙은 건 없겠지?"

"글쎄요. 한 10분 전쯤에 올라온 글이라 아직은 없을 겁니다. 게다가 붙는다 한들 부산까지 날아오지는 못할 테고요."

"그럼 가자. 그만 먹고 나와."

장민환은 아직 반도 못 먹은 돼지국밥을 아쉬운 눈초리로 바라봤다.

하지만 이미 한 그릇을 뚝딱 비운 오현식은 더 이상 돼지국밥집에 미련이 없었다.

"참, 강동원이 지금 어디에 있는 거 같냐?"

"글쎄요. 그걸 알면 제가 돗자리를 깔았겠죠."

"으이그, 이 멍청아. 강동원 관련해서 SNS 돌려봐. 분명 목격자가 있을 테니까."

"아, 방금 누가 강동원이 XX 아파트 앞에 서 있다는 글을 올렸습니다. 같이 사진까지 찍었는데요?"

"역시 어린놈들은 자신감이 넘친다니까. 이래놓고 나중에 기사 쓴다고 하면 협박이나 해대겠지. 거리는?"

"10킬로 정도 떨어져 있습니다."

"그럼 가자!"

"넵!"

강동원은 엘리베이터에서 걸어나오는 어머니를 보고 깜짝 놀랐다.

“어, 엄마?”

“어이구, 우리 아들. 못 본 사이에 더 탔네?”

“헐……. 진짜 우리 엄마 맞아요? 전혀 다른 사람 같은데요!”

“왜? 이상하니? 지난번에 동휘가 선물해 준 옷 입었는데.”

“아뇨, 예쁜데…… 너무 예뻐서요. 하하. 누가 보면 연예인인 줄 알겠어요.”

어머니는 하늘색으로 깔 맞춤한 정장에 잠자리 모양 선글라스를 낀 채 나타났다. 강동원은 그런 어머니를 보자 여사님 소리가 절로 나왔다.

“유 여사님, 어디로 모실까요?”

“얘가 엄마한테 버릇없이.”

“뭐 어때요? 오랜만에 데이트 기분도 내고 좋은 거죠.”

“그럼 오늘만이다.”

“하하, 네. 알아 모십죠, 유 여사님. 그런데 특별히 가고 싶은 곳 있어요?”

“아들이 데이트하자고 한 거 아니었니? 난 계획 없는 남잔 딱 질색인데…….”

"하하. 그럴 줄 알고 제가 다 준비해 놨습니다. 타시죠."

강동원은 짐으로 가득한 뒷좌석 대신 조수석의 문을 열었다. 어머니는 슬쩍 미소를 그리며 안락한 조수석 위에 몸을 실었다.

"차가 좋네?"

"그렇죠? 이게 이 차 중에서 사양이 제일 좋은 거야. 동휘 형이 혹시라도 사고 나면 안 된다고 자기 돈까지 보태서 등급을 올려줬어요."

"너는, 동휘가 벌면 얼마나 번다고 그래?"

"걱정 마요, 엄마. 그렇지 않아도 내년에 연봉 받을 때 동휘 형네 가족 여행 보내줄까 생각 중이니까요."

"그래, 그래야지. 주변 사람들한테 박하게 굴면 나이 들어 아무도 없어. 엄마 말 무슨 소리인지 알지?"

"그럼요, 잘 알죠. 제가 누구 아들인데요."

"그런데 이 차는 얼마나 하니?"

"그게……."

"천만 원? 아니다. 그래도 좋은 차인데 한 이천만 원은 하겠지?"

"그, 그러니까…… 이런, 엄마 늦겠어요. 일단 출발하자고요."

강동원이 서둘러 시동을 걸고 액셀러레이터를 밟았다.

생애 첫 차라서 욕심 좀 냈다고는 하지만 그래도 팔천만 원에 달하는 차량의 가격을 곧이곧대로 말할 수는 없을 것 같았다.

다행히도 어머니는 운전 중인 아들을 방해하지 않으려는지 조용히 창밖만 바라보고 있었다. 강동원이 그런 어머니를 흘깃거렸다.

"엄마, 혹시 파마했어요? 가만 보니까 염색도 했네요?"

"어떻게 알았어? 우리 아들 눈썰미 좋네?"

"그 정도도 몰라서야 어디 투수 하겠어요? 투수가 얼마나 눈이 좋아야 하는데요."

"그렇지. 우리 아들 메이저리그 투수였지. 엄마가 깜빡했다. 그건 그렇고 어떠니? 예쁘니?"

"네, 정말 예뻐요. 근데 엄마 원래 머리하는 거 관리하기 귀찮다고 안 하지 않았어요?"

"그, 그냥 기분 전환 삼아서……. 이상해? 다시 바꿀까?"

"아뇨, 전혀 안 이상해요! 완전 예쁜 걸요! 앞으로 계속 이렇게 사세요! 이러다가 진짜 연예인 하라고 제안받는 거 아닌가 몰라요."

"얘가 자꾸 엄마를 놀려!"

강동원의 장난스러운 칭찬에 어머니가 민망한 듯 얼굴을 붉혔다.

하지만 여자로서 예쁘다는 말을 싫어할 사람이 있을까. 어느새 어머니의 얼굴에 환한 미소가 걸렸다.

'여보, 보고 있어요? 우리 아들이 벌써 엄마하고 데이트를 할 정도로 컸어요…….'

어머니는 지난 몇 년 동안 정말 앞만 보고 살았다. 남편이 죽고, 홀로 아들을 키우기 위해 어쩔 수 없이 선택한 것이 바로 가게 일이었다.

어머니가 가게 일을 도맡아 하면서 육아엔 거의 손을 떼다시피 했었다.

하지만 강동원은 홀로 힘든 청소년기를 견뎌내면서 사고 한 번 안 치고 착하게 커주었다. 어머니는 그런 아들이 그저 대견하고 또 대견했다.

'바쁘다는 핑계로 경기 한번 가 보지 못했는데……. 잘 커줘서 정말 고맙구나.'

강동원을 바라보는 어머니의 눈매가 어느새 촉촉이 젖어들었다. 몇 년 사이에 훌쩍 커 버린 강동원이 가장 노릇까지 하고 있으니 묘한 기분마저 들었다.

한편으로 어머니는 자신이 이런 행복을 누려도 될까 걱정스러웠다.

그때 강동원이 슬그머니 입을 열었다.

"참, 엄마."

"응?"

"엄마 계속 혼자 살 거예요?"

강동원은 회귀 전, 어머니가 홀로 살다가 쓸쓸하게 돌아가신 것이 자꾸만 마음에 걸렸다. 그래서 이번 생엔 꼭 어머니를 행복하게 해드리고 싶었다.

가능하다면 어머니가 좋은 분과 여생을 외롭지 않게 보냈으면 좋겠다고 생각했다.

하지만 어머니는 아들의 뚱딴지같은 질문에 당황한 빛이 역력했다.

"지, 지금 무슨 소릴 하는 거야?"

"재혼 생각 없으세요?"

"재혼?"

"네!"

"얘가, 갑자기 무슨, 재혼이라니. 그런 거 생각해 본 적도 없다."

어머니가 단호한 목소리로 말했다. 나중에 기회가 되면 강동원을 따라 미국에 갈 생각까지 하고 있는데 뜬금없이 재혼이라니. 마치 강동원이 자신을 떼어놓으려는 것 같아 서운한 마음마저 들었다.

그러나 강동원은 과거에 이어 계속해서 혼자 살아갈 어머니가 자꾸만 눈에 밟혔다.

"아니, 왜요? 요즘 같은 시대에 엄마 정도면 아직 젊죠. 또 저 미국 가면 엄마 혼자 지내기엔 외롭기도 하잖아요."

"외롭긴 뭐가 외롭니. 가게 일 하랴 눈곱 뗄 세도 없이 바쁜데. 쓸데없는 소리 말고 운전이나 해."

"그래도 한 번쯤은 생각해 봐요. 전 무조건 엄마 결정에 찬성할게요."

"……."

어머니는 더 이상 아무 말도 하지 않았다. 그러고는 말없이 차창 쪽으로 고개를 돌렸다.

"흠……."

어머니의 반응을 살피던 강동원도 이내 입을 다물었다. 정말 생각이 없는 것인지 아니면 당황하신 것인지는 모르겠지만 어머니의 표정이 썩 좋아 보이진 않았다.

"엄마, 안 답답해요?"

"응, 안 답답해."

"창문 좀 열까요?"

"괜찮아."

"그래도 조금만 열어요. 오늘 날씨 엄청 좋아요."

강동원이 슬그머니 창문을 내렸다. 창문 사이로 시원한 바람이 흘러 들어왔다.

자연스럽게 어머니의 표정도 한결 누그러졌다.

"엄마."
"왜?"
"제 마음 알죠?"
"그럼 알지."
"그러니까 너무 서운해 하지 마요. 전 엄마가 저 때문에 인생을 포기하고 사는 거 싫어요."
"아들."
"네?"
"엄마는 너 때문에 인생 포기한 적 없어. 그러니까 그런 걱정 말고 빨리 결혼이나 해."
"결혼은 무슨. 제 나이가 몇인데요."
"여자 친구가 없는 건 아니고."
"크흠, 유 여사님. 이제부터 좀 달리겠습니다."
괜히 머쓱해진 강동원이 액셀러레이터를 밟았다. 그렇게 어머니를 태운 SUV 차량은 뻥 뚫린 고속도로를 시원하게 내달렸다.

4

한국에 오기 전 강동원은 해가 질 때까지 어머니를 태우고 드라이브를 할 생각이었다.

하지만 여섯 시간째 운전을 한 탓일까. 슬슬 피로감이 몰려왔다.

"아들, 저쪽에 휴게소 있다. 잠깐 쉬어가자."

어머니도 강동원이 고생하는 게 신경 쓰였는지 휴게소에 들리자고 했다.

"그럼 그럴까요? 유 여사님?"

"너 그 유 여사님 소리 좀 안 할 수 없니? 엄마 나이 들어 보이잖아."

"그래요? 그럼 이름 부를까요? 우리 엄마는 이름도 예쁘니까 선희 씨! 여기서 잠깐 쉬고 이동하시죠. 포항까지 가려면 한 시간 정도 더 가야 하니까요."

강동원이 가까운 휴게소로 들어서며 말했다.

"녀석이. 아무리 그래도 그렇지 엄마한테 선희 씨가 뭐니!"

"엄마, 제 말투 들어보면 생각나는 거 없어요?"

"너 혹시…… 드라마 도깨비님에 나오는 저승사자 따라하는 거니?"

"딩동댕! 역시 우리 엄마는 센스 있다니까요. 동휘 형은 아무리 흉내 내도 못 알아듣더라구요."

강동원이 씩 웃으며 말했다. 그러자 어머니가 무겁게 한숨을 내쉬었다.

"하아……. 아들, 어디 가서 그거 하지 마. 알았어?"

"왜요? 너무 똑같아서 헷갈려요?"

"너 그러고 다니면 엄마가 욕먹어."

"헐……. 너무해요, 그래도 아들인데."

"어쨌든 장난 그만 치고 내리자."

"네. 알겠습니다, 선희 씨."

"요 녀석이 계속?"

"하하하, 알았어요. 어서 내리기나 하세요."

차에서 내린 강동원이 냉큼 반대편으로 달려가 문을 열었다. 그러고는 또다시 도깨비님에 나오는 저승사자 캐릭터를 흉내 냈다.

"선희 씨, 이따 식당 앞에서 만나요."

"요 녀석이 자꾸?"

"선희 씨, 정말 이렇게 안 받아주실 건가요?"

"하아……. 네에, 알았어요. 이제 됐니?"

어머니는 마지못해 강동원에게 장단을 맞춰주었다.

TV에서 보던 저승사자 캐릭터와는 상당히 동떨어져 있지만 자신의 이름을 불러주는 아들에게서 왠지 모를 남편의 향기가 느껴졌다.

죽은 남편도 때때로 자신을 '선희 씨'라고 불러줬었다. 그때가 생각나는지 윤선희의 입가로 슬며시 미소가 번졌다.

강동원과 어머니는 화장실에 들른 후 식당 앞에서 다시 만났다.

“선희 씨, 뭐 드실 겁니까?”

“흐음, 글쎄 뭘 먹을까?”

“아, 저는 이게 괜찮아 보이네요. 선희 씨 또 빨간 거 좋아하시잖아요, 새빨간 거. 김치볶음밥.”

“어쩜 이리도 내 취향을 딱딱 맞히실까. 그럼 그걸로 두 개 주세요.”

주문을 받던 매장 직원이 강동원과 어머니를 약간 이상한 눈으로 바라보았다.

‘흐음, 남자 쪽이 한참 어려 보이는데…….’

그렇다고 뭐라 물어볼 수도 없는 입장이었다. 매장 직원은 그냥 모르는 척하고는 담담하게 주문을 받았다.

“네, 손님. 김치볶음밥 두 개 맞으시죠?”

“네, 카드로 계산할게요.”

“네, 알겠습니다. 계산되셨고요. 음식 나오면 받아 가시면 되세요.”

주문을 마치고 두 사람은 빈 테이블에 마주 보고 앉았다.

한편, 강동원을 추적 중이던 오현식과 장민환 기자는 어느 휴게소 직원이 올린 글을 확인하고 황급히 차를 돌렸다.

“여기 맞아?”

“아마도요? 몰래 찍었다는 사진이 올라왔는데. 강동원이 확실한 거 같습니다. 강동원이 중년의 여성과 데이트 중이라는 시민들 제보도 있는데…… 아직 상대방이 누구인지는 파악 못 하고 있는 거 같습니다."

"그래? 그럼 누군지 밝히는 건 우리가 처음인 거네? 빨리 찾아!"

SNS제보를 쫓던 장민환은 강동원의 차량 번호를 어렵잖게 확인할 수 있었다.

"앗, 저기요! 저기 강동원 선수 차량입니다."

"저거 확실해?"

"네, 내부 인테리어가 최근에 출시된 차량이랑 같습니다. 이 휴게소에서 이 차종은 이것 하나뿐이니까요. 이게 확실할 겁니다."

"야, 카메라 챙겨."

"카메라요? 아, 그거 급하게 움직이느라 숙소에 두고 왔는데요."

"뭐? 이런 미친놈을 봤나."

"다시 가서 가져올까요?"

"지금 가면 강동원은 어쩌라고! 어쩔 수 없지. 일단 핸드폰으로 찍어!"

"네, 알겠습니다."

장민환이 자랑스럽게 최신형 핸드폰을 꺼내 들었다. 이런 날을 위해 시중 최고 화소를 자랑하는 갤러그 S7을 장만했다는 걸 오현식에게 보여주고 싶었다.

그러나 오현식의 반응은 싸늘했다.

"뭐하냐?"

"네?"

"누가 네 핸드폰 뭔지 보여달래? 가서 찍어."

"아, 넵."

"대놓고 찍다 걸리지 말고. 조심해서 찍으라고. 차 안에 뭐가 있는지."

"알겠습니다."

괜히 머쓱해진 장민환이 뒷머리를 긁적거리며 강동원의 차로 접근했다. 그리고 슬그머니 보닛 위에 손바닥을 올렸다. 도착한 지 얼마 되지 않은 듯 보닛에서 은은한 열기가 올라오고 있었다.

장민환은 주변을 슬쩍 살폈다. 주차된 차가 많지는 않았지만 다행히도 이쪽을 보는 사람들은 드물었다.

"좋아. 그렇다면."

장민환은 차 옆쪽으로 가서 옅게 선팅 된 창문을 통해 보조석과 뒷좌석 쪽을 바라봤다.

보조석에서는 이렇다 할 만한 게 눈에 띄지 않았다. 하지만 뒷좌석에는 제법 많은 캐리어가 눈에 들어왔다.

"뭐지? 어디 해외라도 가는 건가? 설마 올스타 브레이크 내내 즐길 생각인가?"

장민환은 핸드폰을 꺼내 창문에 밀착시켰다. 그리고 뒷좌석을 몰래 찍었다. 뒤이어 강동원의 차 전체를 찍었다. 그러자 지나가던 사람이 의아한 눈으로 장민환을 바라봤다.

"아, 제 찹니다. 새로 뽑아서 혹시 누가 긁을까 봐요."

장민환이 자연스럽게 웃으며 말했다.

"아, 네."

지나가던 사람이 별 관심 없다며 그대로 갈 길을 가버렸다.

"후우……."

소기의 목적을 달성한 장민환이 냉큼 오현식에게 달려갔다.

"뭐 건진 거 있어?"

"이것 좀 보십시오."

"이게 뭐야?"

"아무래도 외국으로 갈 생각이었던 것 같습니다."

"오호, 그렇단 말이지?"

뒷좌석이 찍힌 사진을 보며 오현식도 눈을 반짝거렸다. 이 정도 캐리어라면 족히 일주일은 머물 수 있을 것 같았다.

"그런데 짐이 좀 많지 않아?"

"여자랑 같이 가잖습니까."

"흠……. 이 정도면 거의 뭐 톱스타 수준인데?"

"톱스타까진 아니더라도 한창 잘나가는 아이돌이나 그 엇비슷한 급은 되겠죠. 연예인들 해외 갈 때마다 입지도 않을 옷 바리바리 싸들고 다니잖아요."

"하긴, 그렇지. 그게 얼마나 꼴불견인지도 모르고 말이야."

오현식이 쯧쯧 혀를 찼다. 장민환도 공감하듯 고개를 주억거렸다.

"그럼 이제 뭘 할까요? 보나마나 식당에 들어간 것 같은데 가서 몇 컷 건져 올까요?"

"아니, 일단 대기."

"대기요?"

"그래, 일단은 차를 강동원 차 옆쪽에 붙이고 대기부터 하자고."

"아, 네 알겠습니다."

오현식과 장민환은 차를 빼내 강동원의 차 옆쪽에 주차를 했다. 그리고 짙게 코팅된 차 안에서 강동원이 나타나기를 기다리며 대기했다.

그렇게 한 10여 분쯤 지났을까. 눈썰미 좋은 장민환이 선글라스 차림의 강동원을 발견해 냈다.

"서, 선배님! 저기요, 강동원 선수!"

"어디?"

"저기요, 저기!"

장민환은 곧바로 핸드폰을 꺼내 사진을 찍기 시작했다. 하지만 들뜬 탓일까. 계속해서 초점이 어긋나 버렸다.

"에이 씨, 그거 하나 못 찍어서. 나와봐!"

오현식이 장민환의 핸드폰을 빼앗았다. 그리고 능숙하게 카메라 촬영을 시작했다.

"그런데 좀 이상한데."

"네? 뭐가 말입니까?"

"여자 말야. 나이가 좀 들어 보이는데?"

"네? 그럼 연상입니까? 이거 혹시 불륜 아닙니까?"

장민환이 눈을 부릅뜨고 창밖을 내다보았다. 하지만 선글라스로 가린 얼굴만 확인이 되었다.

"음, 기업인인가? 아니면 배우?"

"배우요?"

장민환이 뭔가 떠올랐는지 빠르게 인터넷 검색을 해보았다. 그러다 어느 중년 배우의 기사를 발견해 냈다.

기사의 주인공은 배우 윤서희. 얼마 전 이혼한 30대 후반의 여성으로 촬영 도중 이뤄진 인터뷰에서 최근 야구 선수 강동원에게 푹 빠져 있다고 말했다.

"서, 선배님! 이것 좀 보십시오."

"뭐야? 벌써 알아낸 거야?"

"아무래도 윤서희 같습니다."

"뭐? 윤서희? 확실해?"

"실루엣도 비슷해 보이고 이런 기사도 있고요."

오석환도 윤서희의 인터뷰를 읽었다. 그러고는 충분히 가능성이 있다며 고개를 주억거렸다.

"확실히 미국에서 활동하던 배우니까, 메이저에도 관심이 많았을 거야."

윤서희는 충무로와 할리우드를 오가며 미국에서도 어느 정도 인지도를 얻은 배우였다.

그 자유분방함 때문에 남성편력이 있다는 소문이 자자했고 그 과정에서 남편과도 이혼한 것으로 알려져 있었다.

"어떻게 생각하세요? 윤서희하고 강동원. 가능한 조합인가요?"

"불가능할 것까진 없지. 윤서희가 한때 운동선수 킬러였으니까. 그러고 보니까 윤서희랑 조금 비슷해 보이기도 하고 말이지."

"그렇죠? 게다가 저 옷, 국내 브랜드라고 하기에는 좀 느낌이 달라 보이지 않으세요?"

"흠……. 확실히 느낌이 물 건너온 거야. 그렇다면 확실하네, 윤서희."

"그렇지 않아도 지난번에 물먹은 기억이 남아 있는데 잘됐네요. 왜 저번에요. 우리가 차현우 팔 때 인터뷰 요청했는데 까였잖아요."

"그거야 찔리는 게 있으니까 그런 것일 테고. 어쨌든 사실 확인은 한번 해봐야겠지."

오현식 기자는 거기까지 생각하고 곧바로 윤서희 매니저에게 전화를 걸었다. 그러나 신호음만 갈 뿐 통화는 되지 않았다. 세 번이나 다시 전화를 걸어봤지만 마찬가지였다.

"전화를 안 받는데."

"그럼, 본인한테 해봐요."

"흠……. 그래 볼까?"

오현식 기자는 다시 휴대폰을 뒤져 배우 윤서희의 전화번호를 찾았다. 곧바로 전화를 걸었다.

그 시각 밖으로 나온 강동원과 어머니는 차로 가기 위해 움직였다. 그런데 하필 그때 어머니에게 전화가 걸려왔다.

"응? 누구지?"

어머니가 손에 든 핸드폰을 들어 올렸다. 그러자 강동원이 냉큼 핸드폰을 빼앗더니 통화 버튼과 통화 종료 버튼을 연달아 눌렀다.

"왜 그래? 누군 줄 알고."

"070이잖아요. 딱 보면 몰라요? 스팸 전화에요. 받지 마요."

"그래도, 아는 사람이면 어쩌려고."

"정말 아는 사람이면 핸드폰이나 아니면 다른 전화로 하겠죠. 일단 차로 어서 가요."

"그런데, 동원아. 우리 어디로 가는 거니?"

"가 보면 알아요."

강동원이 어머니의 전화를 차단시킨 순간.

"……!"

오현식 기자의 핸드폰도 뚝 하고 끊어졌다. 그와 동시에 오현식 기자의 눈이 크게 떠졌다.

"어떻게 됐어요?"

"강동원이 핸드폰을 만지기가 무섭게 끊겼다. 야, 민환아, 이거 확실한 거 맞지?"

"네, 현식 선배! 이 정도면 백 퍼센트라고 봐야죠."

"그래, 백 퍼야. 방금 우리 두 눈으로 확인했잖아. 그치?"

"네! 이거 완전히 특종인데요."

장민환은 벌써부터 특종이라도 잡은 사람처럼 함박웃음을 지어댔다. 오현식 기자는 잠시 생각을 하더니 곧바로 어딘가에 전화를 걸었다.

"네, 부장님. 오현식 입니다."

–너 어디야? 장현식 취재 안 가고 어디 가 있는 거야?

"아, 그건 말씀드리려 했는데 장현식 쪽은 왠지 별거 없을 거 같아서요. 다른 쪽을 파고 있습니다."

—뭐, 인마! 지금 장난하잔 거야?

"대신에 특종 하나 건졌습니다. 메이저리그 신인 투수 강동원!"

—누구? 강…… 뭐?

"강동원이요, 강동원."

—그게 누군데?

"하아, 강동원은 모르셔도 되는데 윤서희는 아셔야 합니다."

—윤서희? 그 깐깐한 배우 윤서희?

"네, 그 윤서희가 지금 메이저리그에서도 핫한 강동원하고 함께 있습니다."

—야, 오현식. 너 그거 확실해? 부산 가서 다 포기하고 쫓을 정도 되냐고?

"아, 글쎄 그렇다니까요. 지금 제 두 눈으로 확인하고 있습니다."

—그렇다면 좋아. 일단 좀 더 확인해 봐.

"네, 알겠습니다. 부장님도 혹시 나도는 소문 좀 없나 확인해 주세요."

—오케이. 서포트는 확실히 할 테니까 할 거면 제대로 해. 어영부영하지 말고.

김 부장은 오현식과 전화 통화를 끝내고 잠시 생각에 잠겼다. 그러다 이내 결심한 듯 수화기를 들었다.

“나, 다스패치에 김 부장입니다.”

김 부장은 평소 알고 지내던 연예계 인사들과 야구인들에게 전화를 돌렸다. 그리고 강동원이 윤서희와 만난 사실을 알고 있냐고 물었다.

하지만 질문을 받는 사람들은 하나같이 모르겠다는 답변만 늘어놓았다.

“하 씨, 오현식 이 새끼, 또 헛다리짚은 거 아니야?”

잠시 고심하던 김 부장이 스포츠부 최 부장에게 전화를 넣었다. 그리고 단도직입적으로 물었다.

“최 부장, 거 강동원 있잖아.”

–강동원이 왜?

“여자 문제없어?”

–여자 문제? 글쎄. 대놓고 사귀는 여자는 없는 것 같은데?

“그래?”

–그래도 또 모르지. 강동원이가 우리 나이로 스물 하나잖아. 게다가 운동까지 했으니까 얼마나 끓어오르겠어. 안 그래?

“아무래도 그렇겠지?”

–그럼, 그러니까 강동원 뒷조사 하는 거라면 열심히 해보

라고. 뭔가 하나 제대로 된 게 걸릴지도 모르니까.

최 부장이 대수롭지 않게 주절거렸다. 그러나 김 부장은 최 부장의 독려 속에 뭔가가 숨어 있을지 모른다는 생각이 들었다.

"우리 부서에 야구 빠꼼이가 누구야?"

김 부장이 자리에서 일어나 소리쳤다. 그러자 구석에서 딴 짓을 하고 있던 고원형이 냉큼 자리에서 일어났다.

"부장님, 야구하면 저 고원형 아니겠습니까."

"그래? 확실해?"

"그럼요. 뭐가 궁금하신데요? 혹시 토토 시작하세요?"

"뭐야? 토쟁이었어?"

"부장님, 토쟁이라니요. 듣는 토쟁이 막 서운하려고 그럽니다."

"잡설은 거기까지만 하고. 너 강동원에 대해 아는 거 있어?"

"강동원이요? 자이언츠 강동원?"

"자이언츠? 그 녀석 메이저리그 간 거 아니었어?"

"부장님도 참. 메이저리그에도 자이언츠가 있잖아요."

"아, 참. 그랬지. 어쨌든, 아는 거 있으면 털어놔."

"사실 제가 그 녀석을 별로 안 좋아하거든요. 아시다시피 제가 부산 자이언츠 광팬 아닙니까. 그런데 이 녀석이 글쎄요……."

고원형은 강동원에 대한 온갖 루머를 섞어가며 한 편의 창작 소설을 써냈다.

부산 자이언츠가 강동원에게 몇 년간 구애를 했지만 강동원이 부산 자이언츠를 외면하고 창원 다이노스 쪽으로 넘어갔으며 마지막 순간에 메이저리그로 떠나 버렸다는, 야구팬들조차 혀를 차게 만들 만한 3류 소설을 진실인 것처럼 떠들어 댔다.

그러나 야구에 별 관심이 없는 김 부장은 고원형의 말이 그럴듯하게 들렸다.

"그러니까 부산 자이언츠가 강동원에게 뒤통수를 제대로 얻어맞았다 이 소리지?"

"그럼요. 그것 때문에 관계자 몇 명이 옷을 벗었는지 모릅니다."

"좋아. 너 혹시 자이언츠 관계자들 중에 아는 사람 있어?"

"아, 아는 사람이요?"

"왜? 없어?"

"아뇨, 당연히 있습니다. 잠시만 기다려 주세요."

고원형이 자리로 돌아가 냉큼 부산 자이언츠 홈페이지에 접속했다. 그리고 눈에 띄는 연락처를 적어 김 부장에게 건넸다. 그는 바로 강동원을 영입하려다가 죽 쒔던 조철승 과장이었다. 당시 강동원 파동으로 인사가 단행되면서 운 좋게 부장으로 진급한 상태였다.

“조철승 부장? 잘 아는 사이야?”

“뭐 솔직히 말씀드려서 지금은 엄청 친하진 않지만 한때는 형님 동생 하던 사이였습니다.”

“그래?”

“그래도 이 양반이 강동원에 대해 잘 아니까요. 이 양반하고 통화해 보시는 게 좋을 것 같습니다.”

“흠, 일단 알았어.”

“넵.”

고원형이 자리로 돌아가지 김 부장이 다시 전화기를 들었다. 그리고 빠르게 다이얼을 눌렀다.

잠시 후,

–네, 조철승입니다.

수화기 너머로 잔뜩 무게를 잡은 목소리가 들려왔다.

“아, 조철승 부장님 되십니까?”

–네, 그렇습니다.

“저는 다스패치의 김 부장입니다.”

–다스패치요?

“아, 자이언츠 선수들 때문에 전화 드린 거 아니니까 안심하시고요.”

–아, 네에. 안녕하십니까.

"혹시 강동원에 대해서 잘 아십니까?"

-강동원이요?

순간 조철승 부장의 음성이 싸늘하게 가라앉았다. 자연스럽게 김 부장의 입꼬리가 슬쩍 올라갔다.

-글쎄요. 강동원에 대한 것을 왜 저한테 물으시는지?

조철승 부장은 일단 한발을 뺐다. 상대가 무슨 의도로 전화를 걸었는지조차 모르는 상황에서 무작정 입을 열 수는 없는 노릇이었다.

그러자 김 부장이 냉큼 말을 이어붙였다.

"아, 그게요. 저희가 우연찮게 강동원이 배우 윤서희와 만나고 있다는 정보를 입수했습니다. 그래서 사실 확인차……."

-에에? 뭐라고요? 강동원이가 그 여배우 윤서희하고요?

조철승 부장은 깜짝 놀라며 소리쳤다. 건방진 강동원이 언제고 사고를 크게 한번 칠 거라 예상은 했지만 윤서희와의 스캔들은 확실히 예상 밖이었다.

"혹시 뭐 아시는 거라도 있습니까?"

-솔직히 말씀드리자면…… 윤서희와 사귄다는 이야기는 들어보지 못했습니다.

"아, 그렇습니까?"

-하지만 그 녀석이라면 충분히 그럴 수 있다는 생각은 드네요. 사생활이 아주 지저분한 놈이거든요.

“그 부분에 대해서 조금 더 자세히 말씀해 주실 수 있으십니까?”

—후후. 어려울 게 뭐가 있겠습니까. 그놈이 야구 실력 하나 믿고 여자들을 엄청 후리고 다녔습니다. 고등학생 때부터 20대, 30대 가리질 않았죠.

“호오, 그렇습니까?”

—네, 저희 팀에도 동기가 하나 있는데 강동원이 여자를 엄청 밝혔다고 하더라고요. 게다가 이제는 또 영악해져서 한국에 돌아와서는 술집에서 주로 헌팅하고 다닌 다는 소문도 있었습니다.

“아, 그래요?”

김 부장은 조철승 부장이 조금 과장해서 떠드는 것인지도 모른다고 생각했다. 하지만 조철승 부장이 아예 거짓말을 한다는 생각은 들지 않았다.

“오케이! 잘 알겠습니다.”

조철승 부장과의 통화를 끝낸 김 부장은 곧바로 오현식에게 문자를 보냈다.

[확인했다. 진짜 같으니까 바로 사진이랑 초안 보내.]

35장
올스타 브레이크 때 생긴 일Ⅱ

"좋았어! 부장님 허락도 떨어졌고."

흔들리는 차 안에서 오현식은 곧바로 노트북을 열어 기사를 쓰기 시작했다. 그리고 잠시 후.

다스패치 최초 단독보도!

'메이저리그 강동원, 이혼한 톱배우 윤서희와 은밀한 데이트 즐겨!'

오현식이 작성한 기사가 다스패치 본사를 통해 곧바로 업로드가 되었다.

"선배님, 이 정도면 난리 나겠죠?"

“난리가 아니야. 이건 확실히 대박 아이템이야!”

오현식의 예상대로 기사는 곧바로 네이브와 다은 등 각종 포털 사이트의 일면에 올라갔다. 자연스럽게 국내 팬들의 관심도 뜨거워졌다.

ㄴ아! 시발, 이거 뭐야?

ㄴ누구라고? 윤서희?

ㄴ그 화장발 쩌는 아줌마 말하는 거지? 말할 때 겁나 잘난 척 쩌는.

ㄴ이거 진짜야? 정말? 와…… 강동원 좋아했는데 정 떨어지네.

ㄴ사생활인데 뭐. 취존해 주자.

ㄴ취향 존중도 정도가 있지. 저게 취향이냐? 반쯤 정신 나간 짓인데.

ㄴ말도 안 돼! 어쩜 이럴 수가 있지?

ㄴ아니, 강동원 저 새끼는 뭐가 부족해서 저런 아줌마랑 노냐? 진짜 이해가 안 되네

ㄴ후후후, 윤서희 완전 봉 잡았네!

ㄴ뭔 개소리야? 윤서희 재산이 얼마인지 알고 떠드는 거냐?

ㄴ그러는 너는 강동원의 몸값이 어느 정도인지 알고나

떠드냐? 윤서희가 얼마를 벌었든 5년 안에 강동원이 추월할 걸?

ㄴ말도 안 돼! 이건 꿈이야.

박동휘의 에이전트 사무실에서도 난리가 났다. 업무를 마치고 사무실로 돌아온 박동휘도 기사를 확인하고는 흥분을 감추지 못했다.

"윤서희라니 이게 대체 뭔 소리야? 최대리!"

"네, 대표님."

"어서 다스패치에 전화해서 확인해 봐. 어서!"

"네, 알겠습니다."

홍보 담당 최대리가 재빨리 다스패치에 전화를 걸었다. 하지만 다스패치 측에서는 담당자가 자리에 없다는 말만 되풀이하며 시간을 끌었다.

"젠장. 대체 헛소리를 늘어놓는 것도 정도가 있지. 윤서희라니. 말이 되는 거야?"

박동휘는 잠시 생각을 하더니 곧바로 강동원에게 전화를 걸었다. 다스패치의 연락을 기다리는 것보다 강동원에게 사실파악을 하는 게 더 빠르겠다는 생각이 들었다.

그러나 다소 더딘 박동휘의 대응은 네티즌들에게 다른 오해를 불러 일으켰다.

ㄴ헐. 아직까지 에이전트 공식 입장 없는 거 보면 이거 진짜 아닐까?

ㄴ뭐야, 박병후 마누라가 강동원의 여자 친구 구한다고 하던데. 짜고 치는 고스톱이었어?

ㄴ헉! 완전 핵 소름! 이거 실화냐?

ㄴ우릴 갖고 논거야, 뭐야!

ㄴ야, 대박. 지금 휴게소 직원 인터뷰 올라왔는데 한번 봐봐라.

오현식이 제 이름으로 대박을 터뜨리자 장민환도 질 수 없다며 휴게소 직원을 인터뷰한 내용을 기사로 올렸다.

인터뷰에서 직원은 정확히 알 수 없지만 상당한 미모의 중년 여성이라는 것과 강동원이 '서희 씨'라고 불렀다는 사실을 증언했다.

그리고 이 추가 기사로 강동원과 윤서희의 열애설은 기정사실이 되어버렸다.

그 시각 강동원은 어머니와 함께 포항 호미곶에 도착해 있었다. 바다 한가운데 솟은 상생의 손이 그들을 반겼다.

"엄마, 어때요?"

"포항에 이런 곳도 있었니?"

"저도 몰랐는데 동휘 형이 말해주더라고요. 가족들하고

한 번 갔다 왔는데 좋다고 하더라고요. 그래서 겸사겸사 와 봤죠."

"역시 우리 아들. 기특해."

어머니가 씩 웃으며 강동원의 엉덩이를 두드렸다. 강동원은 씩 웃으며 어머니 쪽으로 엉덩이를 쭉 내밀었다.

그때였다.

"저기……."

모자를 쓴 남자 한 명이 강동원에게 조심스럽게 다가왔다. 첫 인상은 제법 험상궂었지만 강동원은 활짝 웃으며 사내를 반겼다. 사내가 자신이 소속된 자이언츠의 모자를 쓰고 있었기 때문이다.

"맞으시죠?"

"아, 네. 맞습니다."

"아까부터 보고 있었어요. 혹시나 해서. 후우……. 잠시만요. 저 심호흡 좀 하고요."

사내는 어마어마한 스타라도 만난 것처럼 호들갑을 떨어댔다. 자이언츠 팬으로서 자이언츠를 내셔널리그 서부 지구 선두 자리에 올려놓은 슈퍼 루키, 강동원을 만났으니 쿵쾅거리는 심장을 주체하기 어려웠다.

"강동원 선수, 괜찮으시다면 사진 한 장 찍을 수 있을까요?"

"아, 네. 물론입니다."

"그리고 사인도……."

"하하. 해드려야죠. 자이언츠 팬이신데."

강동원은 사내와 즉석에서 사진을 찍었다. 그리고 사내가 입고 있던 자이언츠 유니폼에 큼지막하게 사인을 해주었다.

"그런데 이 옷, 계속 입고 계셨던 건 아니죠?"

"아, 네. 좀 전에 강동원 선수 보고 차에 가지고 다니던 걸 후다닥 입고 온 거예요. 솔직히 와이프는 아닐 거라고 했는데…… 저는 확신했거든요."

"자, 됐습니다."

"정말 고맙습니다. 이 유니폼, 평생 간직할게요."

사내가 감동스러운 얼굴로 말했다. 그러다 저만치 한 발 물러서 있는 어머니를 바라보고는 조심스럽게 입을 열었다.

"그리고…… 저는 이해합니다. 강동원 선수가 연상이 아니라 할머니를 만난다 해도 저는 충분히 이해할 수 있습니다."

"……네?"

"암튼 힘내세요! 응원할게요!"

할 말을 마친 사내가 후다닥 가족의 곁으로 돌아갔다.

"대체 뭔 소리야?"

사내의 뚱딴지 같은 소리에 강동원이 고개를 갸웃거렸다.

그때였다.

지이잉. 지이잉

손에 든 핸드폰이 요란스럽게 울렸다.

액정 화면에 뜬 발신자는 박동휘.

"무슨 일이지?"

강동원은 곧바로 통화 버튼을 눌렀다.

"어, 형! 무슨 일이야?"

—동원아, 너 어디니?

"나? 포항에 와 있는데?"

—포항 어디?

"호미곶. 형이 말해줬잖아. 여기 바다 엄청 이뻐!"

—그런데 너…… 누구랑 갔어?

핸드폰 너머 박동휘의 목소리가 살짝 흔들렸다. 하지만 바람 소리 때문에 강동원은 그 사실을 전혀 알아채지 못했다.

"그야 당연히 엄마랑 와 있지."

—정말? 어머님이랑 있다고?

"그럼 내가 누구하고 있겠어?"

—후우……. 그렇단 말이지?

"그런데 무슨 일 때문에 전화한 거야? 왜? 일이 잘 안 풀려? 아니면 구단에서 빨리 들어오래?"

—아니, 그런 게 아니라…… 너 스캔들 났어.

"스캔들? 이번엔 누구? 아이돌이야?"

—아이돌이면 내가 이렇게 심각했겠냐?

"그럼 누군데?

—일단 놀라지 말고 들어.

박동휘는 침착한 목소리로 다스패치가 터뜨린 스캔들을 전했다. 그러자 강동원이 어처구니없다는 표정을 지었다.

"대체 윤서희가 누군데?"

—너하고 띠동갑인 여배우 있어. 올 봄에 이혼한.

"그런데 나하고 왜 엮인 거야?"

—나도 그걸 몰라서 너한테 전화한 거야.

"근데 이거, 정말로 다스패치에서 터뜨린 거 맞아? 어디 비슷한 짝퉁 신문사 아냐?"

—아니야. 나도 혹시나 해서 확인해 봤는데 다스패치에서 흘러나온 기사 맞아. 그래서 지금 인터넷이 난리가 아니다.

다스패치는 연예인들의 사생활을 전문적으로 파헤치는 신문사였다. 게다가 신뢰도는 어마어마한 수준이었다. 지난 몇 년간 다스패치가 터뜨린 열애설치고 거짓으로 판명된 경우는 거의 없었다. 그렇다 보니 강동원과 윤서희의 스캔들도 거의 진실로 굳어가는 분위기였다.

강동원도 다스패치에 대해서는 잘 알고 있었다. 메이저리그에 있으면서 가끔씩 터지는 열애설의 중심에는 늘 다스패치가 있었다.

"흠……. 대체 뭐지?"

—그러게나 말이다. 담당자하고 통화라도 한번 해보려고 했는데 연락이 안 된다.

"일단 알았어. 나도 기사 한번 읽어볼게."

—그래, 그리고 혹시라도 기자들 달려들면 에이전트하고 이야기하라고 하고 입 다물고 있어. 알았지?

"응."

강동원은 일단 통화를 종료했다. 그리고 핸드폰을 통해 문제의 기사를 검색했다.

기사를 찾는 건 어렵지 않았다. 강동원이 대단한 건지 윤서희가 대단한 건지는 몰라도 둘의 열애설은 어느새 실시간 검색어 1위에 올라 있었다.

"이건가?"

강동원이 기사 중 하나를 클릭했다.

메이저리그 강동원(21)과 톱배우 윤서희(33)와 밀회 중.

미국 메이저리그 자이언츠 소속의 강동원과 유명 여배우 윤서희가 서로 열애 중인 것으로 밝혀져 충격을 주고 있습니다. 열두 살의 나이 차이에도 불구하고 두 사람은 주변을 의식하지 사랑을 키워왔다고 알려졌습니다. 지인들의 말에 따르면 두 사람은 가장 힘든 시기에 서로 안부를 주고받으면서 최근 급속도로 가까워졌다고 합니다. 서로 바쁜 일정 속에서도 은밀하게 만남을 이어왔으며 시즌 중에는 윤서희가 미국으로 찾아가 강동원과 몰래 데이트를 즐긴 것으로 확인됐습니다.

강동원은 현재 메이저리그 올스타 전 휴식기를 이용해 극비리에 귀국했으며 현재 윤서희와 함께 있는 것으로 전해졌습니다. 참고로 윤서희는 대한민국 국민이라면 누구나 다 아는 CF 여왕이고 로맨틱 코미디 계의 히로인이며 강동원은 메이저리그에서 신인왕 후보에 오를 정도로 어마어마한 활약을 펼치고 있습니다.

"허……."

기사를 확인한 강동원은 헛웃음을 흘렸다. 윤서희와는 단 한 번도 만나 본 적이 없는데 몰래 데이트라니. 정말 데이트라도 한 번 해봤다면 이렇게까지 억울하진 않았을 것 같았다.

강동원은 손가락을 움직여 다른 기사를 클릭했다. 그 기사에서는 강동원과 윤서희가 마치 사랑의 도피라도 계획하는 것처럼 떠들어 대고 있었다.

강동원과 윤서희는 주변 사람들의 시선을 피해 은밀하게 데이트를 즐겨왔던 것으로 알려졌다. 강동원이 한국으로 귀국한 지금도 마찬가지. 네티즌들의 SNS를 통해 알려진 바에 따르면 강동원과 윤서희는 주변에 알리지 않은 채 현재 포항 주변을 돌면서 함께 있는 것으로 확인됐다.

최근에 들린 휴게소에서 강동원과 윤서희는 짙은 선글라스를 착용한 채 서로 남인 것처럼 조금 씩 떨어져서 이동했다. 그러나 그런 어색한 연출로는 주변 사람들의 의심을 피하기 어려웠다.

강동원은 최근 고가의 M사의 SUV차량을 구매한 것으로 전해졌다. 드라마 도깨비님에 등장한 최신형 모델로 차량 가격만 1억 4천여만 원에 달한다. 몇몇 관계자는 해당 차량 역시 윤서희가 선물한 것이며 오로지 국내에서 데이트를 즐기기 위한 수단으로만 사용되는 것 같다고 전했다.

이혼 이후 윤서희는 작품 활동에 매진하고 있고 강동원도 아직 시즌이 끝나지 않은 상황이라 두 사람은 이번 올스타 브레이크를 통해 서로의 사랑을 재확인하기 위한 밀월여행을 떠난 것으로 추정된다.

몇몇 관계자는 강동원은 윤서희에게 힐링이 되어주는 존재라고 말했다. 실제 윤서희는 인터뷰 중 '내가 가장 힘들었을 때 강동원 선수의 투구 모습을 보고 힘을 얻었다'라는 말을 한 것으로 알려졌다.

한편 네티즌들은 '두 분 예쁜 사랑하세요. 파이팅!', '와, 할 말을 잃었다' 등의 반응을 보였다.

"기가 차서 말도 안 나오네."

강동원은 고개를 절레절레 흔들었다. 말도 안 되는 추측으로 시작된 기사가 어느새 진실로 둔갑하더니 12살의 나이 차이를 극복한 한 편의 러브 스토리를 완성시켜 나가고 있었다.

만약 자신의 이야기가 아니었다면 강동원도 깜빡 속아 넘어갈 만큼 기사들의 내용은 그럴듯했다. 거의 모든 기사가 엇비슷한 이야기들을 쏟아내고 있으니 거짓말이라고 의심하는 것 자체가 쉽지 않을 것 같았다.

그나마 다행인 건 몇 개의 기사들을 훑는 과정에서 사건의 전후관계가 파악됐다는 것이다.

어렵게 찾아낸 다스패치 기사에서 강동원은 낯익은 사진을 한 장 찾아냈다. 바로 자신과 어머니의 모습이 담긴 사진이었다.

"그러니까 나하고 엄마를 이상한 사이로 오해했다 이거지?"

강동원은 순간 어이가 없었다. 명색이 기자라는 작자들이 어떻게 사실 확인조차 하지 않고 이런 말도 안 되는 일을 벌였는지 이해가 가지 않았다.

더 짜증 나는 건 이야기가 확산되는 과정에서 말도 안 되는 소문들이 붙기 시작했다는 점이다.

강동원이 어려서부터 여자를 밝혀 왔으며 훈련 중에도 술

담배를 즐겼고 작년에 귀국했을 때는 룸살롱에서 살다시피 했다는 이야기가 거의 진실처럼 나돌기 시작했다.

거기에 윤서희가 운영하는 소주방에서 강동원과 윤서희가 처음 만났다는 살이 붙자 소문은 더욱 진실스럽게 변했다. 그저 해명 기사를 내는 것만으로는 이 눈덩이처럼 불어난 거짓을 전부 치우기 어려울 것 같았다.

그때였다.

지이잉. 지이잉.

다시 박동휘로부터 전화가 걸려왔다.

"네, 형. 어떻게 됐어요?"

―말도 마라. 그 기사 쓴 기자하고 통화를 했는데 증거는 차고 넘치니 대충 넘어갈 생각 하지 말라더라.

"대체 무슨 증거요?"

―그야 나도 모르지. 그런데 동원아, 그 사진 속 여자 말야. 대체 누구야?

"헐. 형은 보고도 몰라요?"

―뭐야, 설마 윤서희야?

"으이그. 옷을 잘 봐요. 형이 엄마한테 사 준 옷이잖아요."

―내가? 그럼 설마……!

"맞아요, 엄마예요. 엄마하고 같이 있다고 말 했잖아요."

―그런데 사진이 엄청 잘 나오셨는데? 진짜 여배우라고 해

도 믿겠어.

"뭐 우리 엄마가 나이에 비해 젊고 예쁘긴 하죠. 어쨌든 그게 중요한 건 아니고 어떻게 할 생각이에요?"

–어떻게 하긴 뭘 어떻게 해. 곧바로 반박 기사 내야지.

"아니, 그러지 마요."

–뭐?

"그걸로는 안 될 거 같으니까 다른 방법을 찾아보죠."

–다른 방법이라니?

"그전에, 저 술 마시고 다닌다고 헛소문 낸 관계자란 사람은 누구예요?"

–아, 그거 그렇지 않아도 알아봤는데 느낌상 부산 자이언츠 쪽에서 나온 이야기 같다.

"네? 자이언츠?"

–그건 내가 좀 더 알아볼 테니까 너무 흥분하지 말고. 그 방법이라는 게 뭐야?

"후우……. 형, 우리 상황을 긍정적으로 생각해봐요."

–긍정적?

"차라리 잘됐죠, 뭐. 이번 기회에 엄마 가게나 홍보해요."

–뭐어? 야, 지금 어떤 상황인 줄 모르고…….

"어떤 상황인지 잘 아니까 확실하게 반격하자고. 겸사겸사 엄마 가게도 홍보도 하고, 깔끔하게 정리를 하자 이거죠."

—좀 알아듣게 이야기해 봐라.

"그러니까……."

강동원이 갑작스럽게 떠오른 아이디어를 박동휘에게 전했다.

—일단 알았어. 준비는 형이 하마.

반대할 거란 예상과는 달리 박동휘는 의외로 간단히 승낙했다. 그 역시도 단순 해명만으로는 강동원에 대한 악성 루머를 털어내기 어렵다고 판단한 모양이었다.

"네. 그럼 조금 이따가 봐요."

강동원은 서둘러 전화를 끊었다. 그리고 홀로 여름 바다를 즐기던 어머니에게 다가갔다.

"무슨 일인데 전화를 그렇게 오래 해?"

"엄마! 미안한데. 데이트는 다음에 해야 할 것 같아요. 지금 바로 엄마 가게로 가야 하는데 괜찮죠?"

"왜? 무슨 일 있어?"

"큰일은 아닌데. 다시 부산으로 가야 할 거 같아요."

강동원은 곧장 차를 돌려 어머니 가게로 향했다. 그러자 오현식과 장민환도 강동원의 뒤를 바짝 쫓았다.

"어딜 저렇게 서둘러 가는 걸까요?"

"딱 보면 몰라? 이제 기사 본 거지."

"이거 우리가 너무 일찍 터뜨린 거 아니에요?"

"아니야. 굳이 자극적인 사진을 찍지 않더라도 충분해. 열

두 살 연상이잖아. 게다가 윤서희라면 은근 색기도 있고. 남자 밝힌다는 소문 모르는 사람들도 없고."

"하긴, 윤서희와 만난다는 사실만으로도 게임 끝이네요."

"그러니까 한번 지켜보자고. 뭘 어떻게 대처하는지 말야."

오현식과 장민환은 강동원의 차가 둘 만의 특별한 장소로 향하길 바랐다. 그러나 고속도로를 빠르게 내달린 강동원의 차가 도착한 곳은 한 아파트 단지 앞에 위치한 상가였다.

"어? 여긴……?"

"뭐야? 뭐 아는 거 있어?"

"여기 강동원 어머니 가게인 거 같은데요."

"어머니 가게?"

"네, 저기 보쌈집이요. 아는 스포츠 기자하고 한 번 온 적이 있는데 그 기자가 말해줬거든요. 강동원 어머니 가게라서 혹시 뭐 건질 거 없나 싶어 들려봤다고요."

"그래? 오, 대박! 설마 벌써 그렇고 그런 사이야?"

"네? 그렇고 그런 사이라니요?"

"야, 멍충아! 열애설이 터졌는데 해명하지는 않고 강동원의 어머니를 왜 만나러 왔겠냐?"

"서, 설마……!"

"그래, 벌써 상견례까지 했다 이거지. 이제 결혼 발표만 남았다는 거야."

"헉! 그, 그렇구나! 이거 진짜 대박이네요."

"크크크, 그렇지. 완전 대박이지."

오현식 기자와 장민환 기자는 음흉한 웃음을 흘리며 카메라를 들었다. 그리고 강동원이 들어간 보쌈집을 향해 슬금슬금 걸음을 옮겼다.

같은 시각. 가게로 들어간 강동원은 박동휘와 직원들과 반갑게 인사를 나누고 있었다.

"빨리 왔네요? 막 미친 듯이 밟은 거 아니죠?"

"그래, 혹시나 늦을까 봐 정신없이 달려왔다."

"준비는 다 끝난 거죠?"

"네가 말한 건 다 준비했어. 그런데 이건 왜?"

"왜긴 왜겠어요! 우리 윤서희 씨 공개해야죠."

"뭐어?"

박동휘는 화들짝 놀라며 주위를 둘러보았다. 하지만 윤서희의 윤자도 보이지 않았다.

"뭐야? 너. 정말 윤서희하고 사귀는 거야?"

"뭔 소리예요. 그게 말이 돼요?"

"아니면? 설마 윤서희 씨가 여기 온 거야?"

"윤서희 씨가 여길 왜 와요. 자꾸 이상한 소리 말고 형은 저쪽에 앉아 있어요. 나머지는 내가 알아서 할 테니까요."

강동원은 영문을 몰라 하는 박동휘를 구석 자리에 앉혔다.

그리고 직원들에게 카메라의 위치를 알려주었다.

"자, 저와 엄마가 잘 나와야 해요."

"네, 알겠습니다."

직원은 카메라를 켜서 각도를 확인했다. 그러는 사이 강동원은 유튭을 통해 개인 방송을 준비했다.

박동휘는 이미 자신의 SNS를 통해 강동원이 깜짝 실시간 방송을 하겠다고 공지를 해놓았다. 팔로워 수가 1만여 명에 불과해 큰 효과가 있을까 싶었지만 강동원의 스캔들에 대한 관심 때문일까. 잠깐 사이에 팔로워가 5배나 불어나 있었다.

"야, 이 정도면 한 천 명은 보겠는데?"

"천 명이 뭐예요? 왜 이렇게 소심해요?"

"갑작스럽게 공지한 거잖아. 그 정도면 양호한 거지."

"흥. 내가 강동원의 힘을 보여줄게요."

강동원이 제 핸드폰을 꺼내 들었다. 그리고 10만여 명의 팔로워가 등록된 SNS에 실시간 생방송을 시작하겠다는 글을 올렸다.

"몇 분이면 되요?"

"한 10분 정도면 끝날 거 같습니다."

"알았어요."

직원들은 서둘러 장비를 세팅했다. 그사이 강동원은 유튜브에 올릴 제목을 준비했다.

[강동원의 독점 인터뷰! 그 진실을 알린다!]

5

"대박! 이것 좀 보세요. 선배님."

강동원의 SNS에 팔로우를 해놓았던 장민환이 새로운 메시지를 발견하고는 호들갑을 떨었다.

"뭔데?"

"강동원이 지금 실시간 방송을 준비 중이라는데요?"

"뭐? 방송국도 없는데 그게 무슨 소리야?"

"유툽이요. 요새 개인 방송이 유행이잖아요."

"그 아프리칸 같은 거?"

"네, 아무래도 저희가 파고드니까 작전을 바꾼 모양입니다. 아예 직접 까발릴 기세인데요?"

"젠장할!"

오현식이 장민환의 핸드폰을 빼앗듯 낚아챘다. 강동원의 SNS에는 인터넷 방송을 한다는 메시지와 함께 주소가 올라와 있었다.

"이 약아빠진 자식 보게? 우릴 물먹이려고 작정을 했는데?"

오현식이 빠득 이를 갈았다. 지금껏 다스패치 취재진들을 따돌리려는 시도는 많았지만 이런 식으로 이슈를 먼저 터뜨리겠다고 나선 경우는 처음이었다.

"그런데 선배님. 제목이 좀 그런데요?"

"제목이 왜?"

"진실을 알린다, 라고 대놓고 써놨는데…… 이거 우리가 잘못 파고 있는 건 아니겠죠?"

"그건 또 무슨 개소리야?"

"아니, 그렇잖아요. 갑자기 방송을 한다고 하지 않나. 뭔가 밝히려고 한다고 하지 않나."

"닥치고 가서 카메라나 가져와! 우리가 직접 취재한다."

오현식의 닦달에 장민환이 재빨리 차를 끌고 숙소로 달려갔다. 다행히도 숙소는 강동원 어머니의 보쌈집과 그리 멀지 않은 곳에 있었다.

"선배님!"

장민환이 모든 장비를 챙겨 돌아왔을 때는 강동원의 방송 준비가 끝난 상태였다.

"가자!"

"네!"

오현식과 장민환은 당당하게 가게 앞까지 다가갔다. 그리고 일단 사진을 잔뜩 찍은 뒤 문 쪽으로 들러붙었다.

그 모습이 미리 설치된 카메라를 통해 고스란히 전파를 탔다.

"안녕하세요, 여러분. 저는 메이저리그 자이언츠의 투수 강동원입니다. 오늘 갑자기 뜬 기사를 보고 당황하신 분이 많으실 것 같은데요. 그 부분에 대해서 진실을 알리고자 이렇게 자리를 마련했습니다."

강동원은 침착하게 운을 뗐다. 그러다가 문소리가 나자 재빨리 그곳으로 몸을 돌렸다.

"저쪽을 봐 주세요. 오늘 하루 종일 저를 쫓아다니던 기자님들이 오셨는데 누군지 모르겠네요."

그러자 오현식이 재빨리 카메라 앵글 안으로 끼어들며 핸드폰을 내밀었다.

"다스패치 오현식입니다. 강동원 선수! 잠깐 인터뷰 좀 하시죠."

오현식의 목소리가 세팅된 장비를 통해 고스란히 방송으로 흘러 들어갔다. 그러자 스텝 중 하나가 오케이 사인을 냈다.

별생각 없이 방송에 들어왔던 네티즌들도 다스패치의 등장에 호들갑을 떨어댔다.

ㄴ오! 다스패치!

ㄴ진짜냐? 짝퉁 아냐?

ㄴ야, 오현식이라고 있는데?

ㄴ나 이 인간 알아. 지난번에 설아 열애설 터뜨린 개멍멍

이쉐키다.

ㄴ그럼 뭐야? 강동원하고 윤서희하고 정말 그렇고 그런 사이인 거냐?

ㄴ딱보면 모르냐? 어떻게든 사태 수습하려고 이러는 거?

ㄴ대박. 진짜 강동원 난 놈이다. 어떻게 12살 많은 이혼녀를 꼬시냐?

ㄴ야, 그래도 윤서희 정도면 좋지 뭘 그래?

"좋았어."

손에 든 태블릿 화면으로 반응을 확인한 강동원이 만족스러운 얼굴로 고개를 끄덕였다. 그사이 오현식이 강동원의 옆자리를 차지하며 재빨리 질문을 늘어놓았다.

"그런데 강동원 선수, 함께 왔던 윤서희 씨는 어디 있죠? 혹시 뒷문으로 빠져 나갔나요?"

"누구요?"

"윤서희 씨요. 아, 저기 계시네요."

오현식이 자신만만한 얼굴로 고개를 돌렸다. 덩달아 카메라도 움직였다.

가게 구석 자리에는 강동원의 어머니가 선글라스를 낀 채로 조용히 앉아 있었다.

"저분이 윤서희 씨라고요? 지금 장난하시는 거죠?"

"왜 이래요, 강동원 선수. 우리 다스패치입니다. 몰라요?"

"아니, 다스패치인 건 알겠는데 저분 윤서희 씨 아니라니까요."

"자꾸 그렇게 발뺌하는데 제가 직접 가서 확인해 볼까요?"

오현식이 강동원을 몰아붙였다. 그러면서 지금이라도 순순히 방송을 끄고 협조한다면 최대한 잘 포장해서 기사를 내주겠다며 나직이 중얼거렸다.

하지만 강동원은 오현식에게 협조할 생각이 전혀 없었다.

"그럼 제가 확인시켜 드리죠."

강동원이 몸을 돌려 어머니에게 다가갔다. 덩달아 직원도 카메라를 들고 강동원의 뒤를 쫓았다.

"이게 뭐니? 엄만, 이런 거 영 불편해."

어머니는 카메라를 보며 살짝 인상을 찡그렸다.

"잠깐이면 돼요."

"엄마는 카메라가 적응이 안 돼!"

어머니의 모습과 목소리가 고스란히 전파를 탔다. 그러자 채팅창이 난리가 났다.

방금 전까지만 해도 채팅장은 아수라장이었다. 다스패치 기자 오현식이 윤서희를 언급하면서 수많은 욕설이 쏟아졌다.

그런데 강동원의 입에서 엄마라는 단어가 나오지 채팅창 분위기가 순식간에 바뀌었다.

ㄴ헐.

ㄴ뭐라고?

ㄴ엄마래.

ㄴ엄마?

ㄴ엄마라니?

ㄴ와아! 소오름! 이거 진짜 대박!

ㄴ엄마? 진짜 엄마야?

ㄴ뭐야? 애칭이 엄마야? 에이, 아니지?

ㄴ하긴 윤서희랑 강동원이랑 나이 차이가 많이 나니까.

ㄴ근데 진짜 엄마 아냐?

ㄴ맞아! 윤서희가 카메라 기피할 리 없자나 배우인데.

ㄴ야, 이게 무슨 개소리?

ㄴ뭐야 이거!

ㄴ이게 진짜면 와아! 대박이다.

채팅창은 그야말로 난리가 났다. 눈으로 훑을 수조차 없을 만큼 댓글들이 터져 나왔다.

덩달아 참여자 수도 5천 명을 훌쩍 넘겼다. 그러자 강동원이 쐐기를 박듯 어머니를 바라봤다.

"엄마! 이제 선글라스 벗어도 되요."

"선글라스?"

"네."

강동원의 주문에 어머니는 선글라스를 벗었다. 그리고 얼떨떨한 얼굴로 강동원을 보았다.

"이러면 되니?"

강동원이 손가락으로 오케이 사인을 냈다. 그런 강동원을 대신해 카메라를 짊어진 직원이 어머니의 얼굴을 클로즈업했다.

곱게 화장을 한 어머니는 여배우라 오해받을 정도로 아름다웠다. 물론 당대 최고의 미녀 배우로 꼽히는 윤서희까지는 아니었다. 외모를 떠나 윤서희가 가지고 있는 특유의 당당함이 없었다.

하지만 네티즌들은 윤서희라 오해를 받은 고운 아주머니가 강동원의 진짜 어머니였다는 사실만으로도 흥분을 감추지 못했다.

ㄴ헉! 대박!

ㄴ진짜였어. 진짜 어머니였어.

ㄴ윤서희가 아니었어? 그럼 뭐야?

ㄴ지금 장난해! 이게 뭐야? 에잇!

ㄴ미친 XX! 어떤 놈이 기사 올렸어!

ㄴ헐! 진짜 강동원 엄마였어.

ㄴ그런데 강동원 어머니 정말 예쁘시다.

ㄴ그건 나도 인정! 저 나이에 배우 하셔도 되겠다.

십여 분 정도 채팅창이 진정되기를 기다린 뒤 강동원이 자연스럽게 상황 설명에 나섰다.

"여러분께 소개해 드린 대로 저의 어머니십니다. 윤서희라고 잠시 오해를 받으시긴 했는데 이름도 좀 비슷하십니다. 유 선 자 희 자 쓰시거든요. 제가 오늘 어머니 기분 좋으시라고 선희 씨라고 자주 불렀습니다. 요즘 핫한 드라마 도깨비님을 따라한 것도 있고, 돌아가신 저희 아버지께서 어머니를 부르실 때 항상 '선희 씨' 라고 부르셔서 그때의 추억을 살려 보고자 했습니다. 그런데 어머니랑 데이트 중 아주 이상한 소문이 났지 뭡니까? 하하! 이것 참 난감해서……. 하긴 저희 어머니가 좀 예쁘긴 합니다. 확실히 배우 윤서희 씨보다 저희 어머니가 아름답지 않습니까?"

강동원은 근거 없는 자신감을 내비치며 멘트를 날렸다. 그러나 냉정한 네티즌들은 인정이라는 댓글들을 쏟아냈다. 조금 전 강동원에게 인신공격성 댓글들을 퍼부은 것에 대한 미안함이 작용한 모양이었다.

"참고로 여긴 저희 어머니의 식당입니다. 주 메뉴는 보쌈이고요. 이거 브랜드 홍보해도 되는지 모르겠지만 00보쌈 00

지점입니다. 네이버에 검색하시면 지도 나오거든요. 배달도 가능하니까 근방에 거주하시는 분들. 많은 애용 부탁드려요."

능청스럽게 가게 홍보까지 마친 강동원이 어머니에게 마이크를 넘겼다.

"엄마도 한마디 해요."

"내가?"

"엄마가 사장님이잖아요."

"아이고. 엄마는 그런 거 못 해."

"그냥 손 흔들어 주면서 아무 말이나 해요."

강동원의 독촉에 어머니는 마지못해 입가를 들어 올렸다.

"안녕하세요. 저는 보쌈집을 운영하고 있는 강동원의 엄마입니다. 우리 아들이 한국에 혼자 있는 엄마 고생하지 말라고 이렇게 좋은 가게를 차려줬답니다. 그러니 많이들 오셔서 먹고 가세요!"

"하하하! 저는 그냥 계약금하고 가맹비만 낸 거고요. 식당이 워낙 잘되어서 임대료는 어머니가 다 내고 계십니다. 솔직히 저 아직 그 정도로 큰돈을 벌지는 못했습니다."

강동원이 웃으며 해명하자 채팅창에 자동차 이름이 지속적으로 나타났다. 그러자 강동원이 당혹스러운 표정을 짓더니 손가락을 교차하며 안 된다는 사인을 냈다.

ㄴㅋㅋ 강동원 차 산 거 어머님이 모르신 듯.

ㄴ모르진 않겠지. 다만 얼마인지 모를 뿐.

ㄴ얼마나 줄였을까?

ㄴ0하나 뺀 거 아냐?

ㄴㅋㅋㅋ 그게 말이 되냐? 그걸로는 저 차 타이어도 못 살 걸?

ㄴ스마트 키 하나 정도는 사겠다.

ㄴ그건 그렇고 다스패치 이 쉐키들은 뭐야? 우릴 가지고 논 거야?

ㄴ아무리 가십거리가 없다고 해도 그렇지 어떻게 저런 기사를 확인도 없이 올릴 수가 있지?

ㄴ내 말이. 엄마하고 아들을 불륜으로 엮다니. 진짜 다스패치 저질이다.

ㄴ내가 오래전부터 말 했잖아. 연예 기자들은 다 쓰레기고 다스패치라고 다를 거 없다고.

ㄴ아, 이제 다스패치 기사는 믿지 말아야겠다.

ㄴ다스패치 새끼들! 완전 쪽팔리겠네. 크크크!

밖에서 인터넷 방송을 확인하던 장민환은 망연자실한 표정이었다.

"젠장! 망했다."

오현식만 믿고 일을 벌였는데 어머니를 윤서희로 오해하고 말았으니 시말서 몇 장으로는 끝나지 않을 것 같았다.

분위기 반전에 성공한 강동원은 내친 김에 루머 바로잡기에도 나섰다.

“참, 이번에 기사를 접하면서 보니까 몇몇 루머가 떠돌더라고요. 제가 뭐, 클럽을 자주 간다는 둥, 술을 좋아한다는 둥. 그런 소릴 하던데. 전 전혀 술을 먹지 못합니다. 클럽도 한 번도 가지 않았고요. 동휘 형, 이거 명예훼손 가능한 거죠?”

“당연하지! 허위 사실을 유포했으니까.”

“그럼 당장 실행해 주세요.”

“알았어. 그런데 여자 좋아하는 건?”

“그건 뭐…… 사실이니까 빼죠.”

“크흐흐. 그래, 알았다. 그렇지 않아도 아는 변호사 불렀으니까 곧 이리로 올 거다.”

잠시 후. 가게에 도착한 변호사는 즉석에서 강동원에게 사건을 위임받았다. 그 모습을 지켜보던 조철승 부장은 땀을 삐질 흘리며 어떻게든 이 사태를 수습하기 위해 애를 썼다.

“여보세요! 다스패치 김 부장 좀 바꿔줘요!”

–접니다. 이게 어떻게 된 겁니까?

“그건 제가 할 말입니다. 왜 제 멘트를 그대로 옮겨 적었습니까? 그건 빼주셔야죠.”

—아니, 확실하다고 하셨잖아요. 그래서 지방 모 구단 관계자라고 썼는데 뭐가 문젭니까?

"뭐요?"

—오히려 왜 허위 사실을 유포해서 우리까지 엿 먹인 겁니까?

"허, 허위 사실이라니요? 무슨 그런 말씀을."

—그럼 진실이란 말이죠? 조부장님 이름 까도 된단 말이죠?

"아니, 그게 무슨 말 같지도 않은 소리요! 내 이름을 왜 깐단 말입니까!"

—됐습니다. 우리 서로 책임질 거 집시다.

"이보세요! 김 부장!"

—뚜뚜뚜뚜.

"젠장할!"

결국 이 사건은 한 편의 해프닝으로 마무리되었다. 그리고 다스패치와 부산 자이언츠의 조철승 부장은 여론의 몰매를 맞았다.

처음 오보를 냈던 오현식과 장민환도 결국 감봉 5개월과 근신 처분을 받게 됐다.

그렇게 강동원의 짧고도 요란스러운 올스타 브레이크가 끝이 났다.

36장

10승을 향해 I

1

인천 국제 공항.

티켓팅을 마친 강동원은 출국 심사를 밟지 않고 근처의 커피숍으로 향했다.

"여기라고 한 거 같은데……."

짙은 선글라스를 쓴 채로 강동원이 잠시 주위를 두리번거렸다. 그때 구석에 앉아 있던 김상식 기자를 발견했다.

김상식 기자도 강동원을 발견하고 손을 들었다.

"동원아, 여기!"

"네에."

김상식 기자는 세련된 모습으로 나타난 강동원을 위아래로 훑어봤다. 그러고는 감탄사를 터뜨렸다.

"이야, 동원아. 너 1년 전보다 더 멋있어졌다."

"하하, 그래요?"

"공항 패션 제대로인데?"

"에이, 그 정도는 아니에요."

"아니야. 슈트도 깔끔하고, 이젠 선글라스까지 끼고 나타나는 거보니까 진짜 스타 다 됐네."

"에이, 아니라니까요."

강동원은 멋쩍게 웃으며 손사래를 쳤다. 하지만 김상식 기자는 강동원의 모습이 그저 대견하기만 했다.

"그래, 휴가는 잘 보냈고?"

"휴가랄 것까지야 있나요. 그냥 오랜만에 집에서 푹 쉬면서 어머니하고 시간을 많이 보냈죠."

"아! 맞다. 나도 그거 봤어. 킥킥킥! 아주 재미있더라."

김상식 기자는 그때 그 사건을 떠올리며 혼자 웃음을 흘렸다. 그러자 강동원이 말도 말라며 무겁게 한숨을 내쉬었다.

"그때 전 얼마나 황당했다고요."

"하하하, 알아, 알아! 황당하겠지. 어머니가 여배우 윤서희로 둔갑했으니 말이야."

"어디 그뿐인 줄 아세요? 온갖 말도 안 되는 루머가 붙어서는 거의 인간쓰레기 될 뻔했다니까요?"

"그래도 한문혁을 비롯해 고등학교 동기들과 대표팀 동료들이 증언해 줬으니 얼마나 다행이냐."

"그건 솔직히 뜻밖이었어요. 대표팀 동료들도 그렇고 고등학교 동기들도 그렇고요. 다들 이제 막 자리 잡아 가는 상황일 텐데. 저 때문에 인터뷰 자청하는 거 보니 좀 찡하더라고요."

"다들 널 보면서 용기를 얻으니까 그러는 거야."

"저도 더 열심히 해야겠다는 생각 들었어요."

"아무튼 재미난 구경거리였다. 그래도 네 어머니께서 그렇게 미인이신 줄 미처 몰랐다."

"원래 미인이세요. 잘 꾸미지 않아서 그렇지."

"그래, 이번에 확실하게 알았다."

"네, 알아주시니 영광입니다. 그보다 빨리 진행하시죠."

"아, 맞다. 너 비행기 시간 다 되었지? 바로 준비하자!"

김상식 기자는 자신의 안주머니에서 볼펜과 수첩, 그리고 녹음기를 꺼내었다.

"매번 말하는 거지만, 이렇게 나에게 독점 인터뷰를 줘서 항상 고맙다."

김상식 기자는 언제나 고마운 인사를 잊지 않았다.

"뭘요, 오히려 제가 고맙죠. 항상 좋은 기사를 써주셔서요."

"후후후, 어쨌든 서로 상부상조하는 거지?"

"그럼요."

두 사람은 서로 마주 보며 피식 웃었다. 그리고 김상식 기자는 곧바로 기자 모드로 들어갔다.

"자, 그럼 시작한다."

"넵!"

강동원이 자세를 바로 잡았다. 김상식 기자는 곧바로 녹음기를 켜고 인터뷰를 시작했다.

"지금 첫 풀타임 메이저리그로 활약하고 있는데요. 작년과 올해 달라진 점은 무엇입니까?"

"네, 작년은 솔직히 메이저리그에 올라가기만 해도 좋다는 생각이었습니다. 선발, 불펜 따질 상황이 아니었죠. 하지만 지금은 자이언츠의 선발 투수로 뛰고 있습니다. 아무래도 선발 로테이션을 유지하면서 팀의 승리에 조금 더 기여하고 싶은 마음이 큽니다."

"선발로서 조금 더 책임감을 느낀다는 말이죠?"

"네, 그렇습니다."

"올해 목표는 무엇입니까?"

"처음엔 10승을 올리는 것이었습니다. 그런데 전반기에 승운이 따랐는지 벌써 9승을 올려서요. 10승까진 1승 남았더라고요. 그렇다고 후반기에 1승만 할 수는 없으니까 목표를 약간 수정했습니다. 올해 목표는 몸 건강히 끝까지 시즌을 마치는 것입니다."

"목표가 약간 두루뭉술해지긴 했습니다만 한 시즌을 잘 치르다 보면 성적은 자연스럽게 따라온다는 생각인 거죠?"

"하하. 네. 역시 김 기자님이십니다."

"잘 알겠습니다. 그리고 현재 내셔널리그에서 가장 유력한 신인왕 후보로 꼽히고 있는데 팀 내 위상은 어느 정도입니까?"

"이제 갓 루키인 제가 팀 내 위상이 어디 있겠습니까. 그냥 동료 선수들이 잘 챙겨주고 있습니다."

"그래도 작년과는 많이 달라졌을 텐데요."

"달라지긴 했습니다. 감독님과도 조금 더 자주 대화할 수 있어서 좋고 코치님들도 저를 더 세심하게 챙겨주시는 느낌입니다. 무엇보다 비스트 포지를 비롯한 동료들과도 더욱 친해졌죠."

"이건 많은 여성분이 궁금해 하실 내용인데요. 혹시 정말 연상 취향입니까?"

김상식 기자의 뜬금없는 질문에 강동원의 눈이 크게 떠졌다. 그는 재빨리 녹음기를 손으로 움켜잡고 물었다.

"김 기자님! 꼭 이런 걸 물어야겠습니까?"

"내가 궁금한 것이 아니라 많은 여성분이 궁금해한다니까."

"그래도……."

강동원이 난감한 표정을 지었다.

"그냥, 너의 솔직함을 보여줘. 그동안 너 때문에 힘들어한 여성분들을 위해서라도 말이야."

"쩝!"

김상식 기자가 피식 웃으며 다시 녹음기를 들어 올렸다. 그러자 강동원이 어쩔 수 없다며 입을 열었다.

"이거 하나만 짚고 넘어 갈게요. 그 사건은 절대로 오해입니다. 그리고 전 저와 마음이 맞고, 제가 하는 운동을 이해해 주는 여성이 좋습니다. 그런 여성이라면 연상이든 연하든 상관없습니다."

"아, 그렇군요. 그럼 덧붙여 가족에 대해 이야기해 주시겠습니까?"

"어릴 적 아버지께서 돌아가셔서 어머니께서 홀로 절 키우셨습니다. 지금은 저와 어머니 둘뿐입니다. 제가 외국에 나가 있기에 어머니에게 효도를 해드리지 못하는 것이 가장 신경 쓰입니다."

"어머니와 함께 살 생각은 안 해보셨나요?"

"했죠. 그래서 어머니를 미국에 모시고 가려고 했는데 어머니께서 한국이 좋다고 하셨습니다."

"어머니께 식당을 차려드린 이유도 그것 때문이겠군요?"

"네, 어머니는 그전까지 자그마한 동네 찌개집을 하셨는데 동네 장사라 편히 쉬실 날이 없었습니다. 그래서 조금이라도 좀 편히 지내시도록 가게를 열어드렸습니다."

"잘 알겠습니다. 인터뷰 감사합니다."

"네."

준비한 모든 질문을 끝마친 뒤 김상식 기자가 녹음기를 껐다. 그러고는 씩 웃으며 강동원에게 손을 내밀었다.

"다음번에는 내가 미국에 가마."

"오시면 언제든지 환영이죠."

"하하, 말이라도 고맙네. 기사는 최대한 잘 다듬어서 올릴게."

"어련히 알아서 잘해주시려고요."

"아무튼 인터뷰 고맙다."

"네, 그럼 저 먼저 가 볼게요."

강동원은 카페를 나와 자신을 기다리고 있을 박동휘와 어머니에게 다가갔다. 어머니는 아들을 배웅하기 위해 가게도 하루 쉬고 인천까지 따라오셨다.

"인터뷰는 잘했니?"

"네."

"이제 곧 갈 시간이지?"

"아직 십 분 정도 여유 있어요."

"급하게 서두르지 말고 먼저 들어가 있어. 밥 잘 챙겨먹고!"

"네."

"아프지 말고!"

"네."

"무슨 일 생기면 꼭 전화하고."

"알았어요, 엄마."

"도착하면 꼭 전화하고."

"에이, 엄마는 내가 앤가. 왜 그렇게 걱정해요."

"넌, 나이를 육십을 먹어도 엄마에게 애야."

어머니는 떠나는 아들의 옷매무새를 다시금 챙겼다. 그런 어머니를 강동원이 살포시 안아주었다.

"걱정 마세요. 다녀올게요."

"오냐. 다녀오너라."

어머니와 강동원은 서로를 애틋하게 바라보았다. 그리고 박동휘와 함께 출국장으로 들어갔다. 어머니는 강동원이 사라질 때까지 손을 흔들어주었다.

2

7번 게이트 앞으로 간 강동원은 수속이 끝나자마자 곧장 비행기에 올랐다. 구단에서 퍼스트 클래스 티켓을 끊어준 덕분에 길게 줄을 서서 대기할 필요가 없었다.

강동원이 1등석에 들어서자 아리따운 스튜어디스가 미소로 반겼다.

“어서 오십시오. 승차권 확인하겠습니다.”

“여기요.”

스튜어디스가 승차권을 확인하고 친절하게 자리를 안내했다. 강동원은 다소 피곤한 얼굴로 스튜어디스를 따라 움직였다.

“여기입니다.”

“감사합니다.”

“짐은 저희가 넣어드리겠습니다.”

“아니에요. 무거우니까 제가 넣을게요.”

강동원이 수납공간에 제 짐을 넣었다. 그사이 뒤따라 들어온 박동휘가 강동원의 옆자리를 차지했다.

“아, 이렇게 또 가는구나.”

“왜요? 미국 가기 싫어요?”

“너 같으면 좋겠냐? 예쁜 마누라 두고 가야 하는데?”

“지금 저 염장 지르는 거죠?”

“염장은 무슨. 말이 그렇다는 거지.”

박동휘의 너스레에 강동원이 피식 웃었다. 그러다 주변을 어슬렁거리는 스튜어디스와 자연스럽게 눈이 마주쳤다.

“뭐지?”

“응? 뭐가?”

“아뇨, 스튜어디스들이 자꾸 절 쳐다보는 것 같아서요.”

“응? 그래?”

박동휘의 시선이 저 앞에 모여 있는 스튜어디스에게 향했다. 그녀들은 한데 모여 뭔가 속삭이고 있었다. 그러다가 박동휘가 쳐다보자 냉큼 아무 일 없었다는 듯 손님들을 맞이했다.

"널 알아본 모양인데."

"그런가? 가서 사인이라도 해줘야 하는 걸까요?"

"그건 나중에 요청할 때 해줘야지. 가서 제가 강동원입니다 하고 사인해 줄 수는 없잖아."

"하긴. 그건 좀 오버죠?"

"배우 강동원이라 해도 그건 오버지."

"쳇."

강동원이 불만스럽게 입술을 삐죽거렸다. 잘생김의 대명사 같은 배우 강동원도 무리한 일이라면 야구밖에 모르는 자신에게는 어림없는 일일 수밖에 없었다.

"영화나 봐야겠다."

"영화? 잠깐 보다 곯아떨어질 거면서 무슨."

"자꾸 이런 식으로 나올 거예요?"

"내가 뭘?"

"흥, 형이랑 안 놀아요."

"하하, 농담이야, 인마. 그럼 나도 영화나 봐보실까?"

박동휘도 모니터를 터치해 재미난 영화가 있는지 확인했다. 그때 스튜어디스 한 명이 강동원에게 다가왔다.

"저기……."

"네?"

강동원은 꽂고 있던 이어폰을 벗었다.

"혹시 자이언츠의 강동원 선수 아니세요?"

"아, 네. 맞습니다."

"아! 강동원 선수. 정말 팬이에요."

스튜어디스가 갑자기 아이돌을 만난 소녀팬처럼 기뻐했다. 만약 이곳이 1등석이 아니었다면 꺄악 하고 소리라도 지를 표정이었다. 그러자 저 멀리 떨어져 있던 다른 스튜어디스도 흥분을 감추지 못했다.

"맞나 봐!"

"진짜였어."

"거봐, 내가 뭐라고 그랬어."

"그런데 너무 잘생기지 않았니?"

"그러게. 사진으로 봤을 땐 저 정도까진 아니었는데."

"요즘 가장 잘나가는 야구선수잖아. 당연히 외모에도 신경 쓰겠지."

"맞아, 맞아. 같이 사진이라도 찍어달라고 할까?"

"그래, 그래봐."

"아니야, 부끄러워서 어떻게 해."

"어멋! 어멋!"

스튜어디스들은 서로 등을 떠밀며 호들갑을 떨어댔다. 그 사이 강동원에게 다가왔던 스튜어디스는 침착하게 기념 촬영을 마치고서는 사인까지 한 장 받아냈다.

"정말 감사해요."

"감사는요. 제 팬이시라는데 당연히 해드려야죠."

"혹시 불편하신 것은 없으세요?"

"아, 네. 괜찮습니다."

"네, 불편하신 게 있으시면 언제든지 절 불러주세요. 전 이미나입니다. 보이시죠."

스튜어디스가 자신의 명찰을 가리키며 말했다.

"아, 네에. 알겠습니다."

스튜어디스, 이미나의 호감어린 행동에 강동원은 자신도 모르게 미소를 지었다.

그 모습을 지켜보던 박동휘가 나직이 한숨을 내쉬더니 이미나에게 손을 들어 보였다.

"여기요."

"아, 무엇이 필요하십니까?"

"아, 물 한잔 부탁합니다."

"알겠습니다. 곧 가져다드리겠습니다."

이미나가 아쉬움을 삼키며 제자리로 돌아갔다. 그러자 박동휘가 강동원만 들을 수 있도록 나직한 목소리로 말했다.

“스튜어디스는 함부로 만나지 않는 게 좋아.”

“네?”

“이 바닥 소문 장난 아니게 빠르다고. 그러니까 스튜어디스의 화려한 겉모습에 속아 넘어가지 마.”

박동휘가 강동원에게 단단히 주의를 주었다. 그러자 강동원이 피식 웃으며 말했다.

“난 또 뭐라고.”

“……?”

“저도 스튜어디스는 관심 없어요. 예쁘긴 하지만 우리하곤 좀 안 맞잖아요.”

욕심이긴 하지만 강동원은 내조와 더불어 어머니를 잘 모실 수 있는 여자를 원했다.

대놓고 말했다간 시대착오적인 소리를 한다며 여성 단체들의 줄 비난이 쏟아질 테지만 메이저리그에서 오랫동안 선수 생활을 하기 위해서라도 자신의 삶에 맞춰줄 수 있는 여자가 필요했다.

“그렇게 생각한다면 다행이고.”

박동휘도 씩 웃으며 고개를 끄덕였다. 강동원이 아직 어려서 마냥 화려한 것만 좇을 줄 알았는데 결혼과 연애에 대해 제법 깊은 생각을 하고 있는 것 같아 한편으로는 안심이 됐다.

“끄으으. 나는 이제 슬슬 자야겠다.”

이미나를 비롯한 스튜어디스들의 시선이 뜨거워지자 강동원이 슬그머니 몸을 눕혔다. 그러고는 채 삼 분도 지나지 않아 골아 떨어져 버렸다.

"뭐야? 벌써 자는 거야?"

"에이, 설마. 자는 척하는 거겠지."

"아닌 거 같은데?"

"친구한테 들었는데 강동원 선수, 비행기만 타면 잠을 잔데. 그것도 코까지 골면서."

"으으. 그건 좀 별로인데. 난 침대에서 코 고는 남자 질색이야."

"웃기셔. 누가 너랑 만나주기나 한데?"

"그런데 강동원 선수, 돈 많이 버는 거 확실하지?"

"그럼. 내 하나뿐인 싸가지 없는 동생 자식이 메이저리그 광팬인데 나한테 처음으로 그러더라. 혹시라도 국제선에서 강동원 선수 보면 그냥 들러붙으라고. 그게 인생 고치는 길이라고."

스튜어디스들이 구석에서 쑥덕거리는 사이 이미나는 시원한 물을 들고 박동휘의 옆으로 다가갔다. 그러다 강동원이 잠에 든 걸 확인하고는 아쉽게 웃으며 손에 쥔 쪽지를 박동휘에게 내밀었다.

"저기, 이것 좀……."

"……?"

"제 연락처예요. 강동원 선수 지인이시죠? 죄송한데 강동원 선수에게 좀 전해 주세요."

"아, 네. 그렇게 하겠습니다."

"꼭 좀 부탁드려요."

이미나가 예쁘게 웃고는 제자리로 돌아갔다. 그사이 박동휘는 손에 든 쪽지를 바라봤다.

다급하게 연락처를 적어 찢은 쪽지가 아니라 사전에 준비된 쪽지 같았다. 이번 비행기에 강동원이 탄다는 사실을 미리 알고 있었던 모양이었다.

"준비성은 철저한데 글쎄, 우리 동원이보다 많이 연상 같은데."

박동휘는 마지못해 쪽지를 주머니 안에 집어넣었다. 하지만 그걸 강동원에게 줄 생각은 전혀 없었다.

강동원은 지금 한창 야구에 집중해야 할 시기였다. 마음 편히 연애를 하는 건 메이저리그에 완전히 자리를 잡은 이후에도 늦지 않을 것 같았다.

별들의 축제라 불리는 올스타전이 끝이 났다.

올해 올스타전은 내셔널리그 올스타가 승리했다.

8회까지 3 대 1로 뒤지던 내셔널리그 올스타는 9회 대 반격에 나서며 아메리칸리그 올스타를 상대로 4 대 3, 극적인 역전승을 거두었다.

그 결과 월드시리즈 1, 2차전은 내셔널리그 챔피언십 시리즈 우승 팀의 홈구장에서 치러지게 됐다.

올스타 브레이크가 끝나고 곧바로 후반기가 시작됐다.

본래 올스타 브레이크가 끝나면 1선발부터 선발 로테이션이 돌아가는 것이 일반적이었다. 하지만 메디슨 범가드너가 올스타전에서 2이닝을 던지면서 하루 정도 추가 휴식이 필요한 상황에 놓였다.

그렇다고 2선발인 제니 쿠에토를 당겨쓰면 로테이션이 틀어져 버리는 결과가 생겼다.

브루스 보체 감독은 가급적이면 메디슨 범가드너로부터 시작되어 강동원으로 끝나는 5선발 체제를 유지하고 싶었다.

투수들끼리 서로서로 시너지 효과를 내며 좋은 성적을 내고 있는데 갑작스럽게 선발 로테이션에 변화를 주고 싶지 않았다.

"좋은 대안이 없을까?"

"솔직히 언론만 난리치지 않는다면 메디슨 범가드너를 그냥 투입하는 것도 나쁘지 않을 것 같습니다. 하지만 메디슨 범가드너의 휴식일을 보장하면서 선발 로테이션을 유지하려면 방법은 하나뿐입니다."

"그게 뭔데?"

"강을 먼저 투입시키는 겁니다."

코칭스태프들과 회의 끝에 강동원을 당겨쓰자는 제안이 나왔다.

만약 강동원이 13일에 던져 주면 14일부터 다시 메디슨 범가드너부터 시작되는 정상적인 선발 로테이션이 돌아가게 되는 것이다.

한 가지 아쉬운 점이 있다면 결정이 너무 늦게 나왔다는 점이다.

강동원은 다음번 등판을 18일 인디언스 홈경기에 맞춰놓고 컨디션 조절을 하고 있었다. 그런데 갑작스럽게 등판이 결정됐으니 컨디션을 빠르게 끌어올릴 수밖에 없었다.

하지만 상황을 전해 들은 강동원도 군말 없이 그 제안을 받아들였다. 올스타 브레이크 동안 푹 쉬었으니 휴식은 충분했다.

"네, 알겠습니다."

강동원은 다급하게 선발 준비를 위해 컨디션을 끌어올렸다. 그리고 후반기 파드리스와의 첫 경기에 선발로 나갔다.

급하게 준비했기에 당연히 경기력은 떨어졌다.

구속은 물론이고 제구력도 들쑥날쑥이었다. 게다가 자꾸만 공이 가운데로 몰려들었다.

결국 강동원은 5이닝동안 7개의 안타를 허용하며 5실점, 패전 투수가 되고 말았다. 강동원의 장기였던 삼진도 5개밖에 나오지 않았다.

강동원으로서는 최선을 다한 경기였지만 팬들은 아쉬움을 감추지 못했다. 하지만 브루스 보체 감독은 따뜻하게 강동원을 감싸 안았다.

"갑작스러운 선발 등판이었습니다. 강은 팀을 위해 던졌습니다. 그런 강에게 고마움을 전합니다."

브루스 보체 감독은 강동원이 금세 좋은 모습을 회복할 것이라고 단언했다. 하지만 뒤이어 등판한 19일 인디언스와의 홈경기도 불운하기만 했다.

월드시리즈 준우승 팀이자 아메리칸리그 챔피언인 인디언스를 맞아 강동원은 6이닝 동안 5피안타 3실점으로 호투를 펼쳤다. 탈삼진도 7개나 잡아냈다. 비록 3 대 2 한 점 차로 리드당하는 상황이었지만 경기를 뒤집을 가능성은 충분했다.

그러나 뒤이어 바통을 물려받은 불펜이 7회에만 5실점을 하면서 강동원을 연패의 늪에 빠뜨렸다.

최종 스코어 8 대 5.

7회에 실점만 하지 않았더라도 경기 결과는 달라졌을 터였다.

강동원, 연패! 자이언츠 인디언스에 루징 시리즈.

닥터 강. 후반기 들어 주춤한 모습. 신인왕 경쟁 적신호.

강동원이 시즌 6패를 당하자 몇몇 지역 언론이 부정적인 기사들을 쏟아냈다. 전반기까지만 해도 입에 침이 마를 정도로 칭찬일색이던 전문가들도 삼진 페이스가 크게 뚝 떨어졌다며 걱정들을 늘어놓았다.

하지만 강동원은 크게 신경 쓰지 않았다. 오직 자신의 페이스대로 던질 뿐이었다.

게다가 연패에 대해서도 할 말은 있었다.

후반기 첫 번째 등판은 자신이 제대로 준비하지 못한 결과였다. 그다음에 맞붙은 인디언스는 작년도 아메리칸리그 우승 팀이었다. 퀄리티스타트를 했으니 결코 투구 내용이 나빴던 것도 아니었다.

브루스 보체 감독과 코칭스태프들도 그 점에서는 인정하고 있었다. 하지만 지구 우승에 대한 조바심 때문일까. 언론에서 입방아를 찧어대고 있었다.

덩달아 국내 언론도 강동원이 아홉수에 걸렸다며 부정적인 기사들을 올리고 있는 실정이었다.

ㄴ쯧쯧쯧! 그러게 뭐하러 미국까지 가서는…….

ㄴ애초에 메이저리그 간 것이 문제야. 봐봐! 국내에 있었

다면 충분히 10승 이상하고도 남지.

ㄴ강동원 초반 페이스 좋았는데. 이대로 털리는 건가.

ㄴ진짜 안타깝다, 정말 안타까워.

ㄴ개삽질하지 말고 어서 국내로 복귀해라! 자이언츠가 널 기다리고 있다!

ㄴ뭔 개소리야? 강동원이 국내 온다고 자이언츠에 갈 수 있을 거 같아?

ㄴ개삽질하는 강동원 따위, 필요 없거든?

ㄴ님이 개삽질이거든요. 아직까지 신인왕 후보 1순위거든요.

ㄴ그놈의 아홉수가 문제다. 아홉수가.

부쩍 늘어난 부정적인 댓글들을 보며 강동원이 빠득 이를 갈았다.

"두고 보자. 이번에 반드시 10승 따내고 만다, 내가!"

강동원은 주먹을 단단히 움켜쥐었다. 운빨 떨어졌다는 소리를 듣지 않기 위해서라도 이번 경기에서 반드시 10승을 채워야 할 것 같았다.

37장
10승을 향해 II

"오늘은 몸이 좀 가벼운데?"

과도한 운동을 삼가고 일찍 잠에 들어서일까.

아침에 눈을 뜨자 여느 때와 달리 몸이 가벼웠다.

평소와 마찬가지인데도 자고 일어나니 너무나도 개운했다.

"좋았어."

강동원이 씩 웃으며 몸을 일으켰다. 그리고 가볍게 샤워를 마치고 운동복을 입고 집을 나섰다.

"날씨도 좋네."

하늘은 구름 한 점 없이 맑았다. 게다가 바람도 선선했다. 오늘은 외야 높이 공이 치솟더라도 외야수들이 헷갈리지 않을 것 같았다.

강동원은 구단에서 구해 준 차를 타고 홈구장인 자이언츠 파크로 향했다. 주차장에 들어가자 구단 직원 하나가 강동원을 발견하고 반갑게 인사를 했다.

"헤이, 강! 오늘도 일찍 왔네."

"제임스, 좋은 아침이에요."

"하하, 정확하게 말해서 아침은 아니지."

"아, 그런가요?"

"그건 그렇고 오늘은 기분 좋아 보이는데?"

"잠을 푹 자서 그런가 봐요."

"좋아. 그렇다면 오늘은 꼭 이기라고. 알았지?"

"네, 최선을 다해볼게요."

강동원은 주차장 구석에 차를 세운 뒤 경기장 안으로 들어갔다. 길게 뻗은 복도 한편으로 체력 단련실과 실내 타격훈련장이 보였다.

"아직 아무도 안 온 모양인데?"

체력 단련실과 실내 타격 훈련장을 슬쩍 들여다본 뒤 강동원은 곧바로 클럽하우스로 들어갔다. 그리고 자신의 로커를 찾아 그곳에 가방을 두었다.

직원들이 깔끔하게 정리해 놓은 클럽 하우스에는 아직 강동원 말고는 그 누구도 출근하지 않았다.

"그럼 슬슬 시작해 보실까?"

강동원은 가볍게 러닝을 하기 위해 그라운드로 나갔다. 귀에 이어폰을 꽂고 일부러 빠른 비트의 음악을 틀었다.

평소 같았으면 비트를 좇느라 허벅지가 당겼겠지만 오늘은 발걸음이 더없이 가벼웠다. 마치 구름 위를 걷는 듯한 기분이었다.

"이거 컨디션이 너무 좋은 거 같은데?"

강동원은 평소보다 20여분 가까이 더 러닝을 했다. 그런데도 평소만큼 땀이 나거나 지치지 않았다.

"이상하네, 오늘."

강동원은 고개를 갸웃거리며 샤워장으로 향했다.

찬물로 시원하게 샤워를 하고 클럽하우스로 돌아가니 몇몇 선수가 옷을 갈아입고 있었다.

"강! 일찍 나왔네?"

"오늘은 눈이 일찍 떠져서요."

"벌써 러닝을 끝낸 거야?"

"그냥 가볍게 몇 바퀴 돌았어요."

"거짓말 마. 네가 얼마나 열심히 운동하는지 직원들이 다들 알려주고 있다고."

동료들과 가볍게 잡담을 나눈 뒤 강동원은 점심을 먹었다.

"강, 강을 위해 특별 한식을 준비했어요."

요리사가 강동원을 바라보며 씩 웃었다. 그의 말처럼 한국식 갈비찜이 한가득 차려져 있었다.

강동원은 갈비찜을 한 접시 담은 뒤 스테이크에, 케첩을 곁들인 포테이토로 식사를 마쳤다. 그리고 브루스 보체 감독과 잠깐 동안 면담을 한 후 등판 준비에 들어갔다.

"스미스, 밥 먹었어요?"

"든든히 먹었지, 너는?"

"저도 방금 먹고 왔어요."

"몸 좀 풀려고?"

"네, 공 좀 받아줘요."

"좋아, 잠깐만 기다리라고. 금방 준비하고 나올 테니까."

식사 후 가볍게 몸을 풀고 있던 백업 포수 스미스가 후다닥 달려가 장비를 챙겼다. 그러고는 포수석에 자리를 잡고 앉았다.

경기 중에 강동원의 파트너는 비스트 포지였다. 하지만 불펜에서는 달랐다. 강동원과 가장 호흡이 잘 맞는 불펜 포수가 바로 스미스였다.

"강! 몇 개 던질 거지?"

"서른 개 정도요?"

"오케이, 알았어!"

스미스가 한복판으로 미트를 들어 올렸다. 그 미트를 향해 강동원이 천천히 공을 내던졌다.

후앗!

강동원의 손끝을 빠져 나간 공이 빠르게 날아가 스미스의 미트에 파묻혔다.

퍼엉!

묵직한 소리와 함께 스미스의 미트가 살짝 들렸다.

“강! 오늘 공 장난 아닌데?”

스미스가 마스크를 벗어 던지며 놀란 표정을 지었다. 하지만 강동원은 평소처럼 스미스가 자신의 기를 살려주기 위해 너스레를 떤다고만 여겼다.

론 워스트 벤치 코치와 데이브 라이트 투수 코치는 한발 물러나 그 모습을 지켜보았다.

“론, 방금 공 좋은데요?”

“하하. 강의 포심 패스트볼이야 원래 좋았지.”

“최근에 컨디션이 좋지 않아서 걱정했는데 다행이네요.”

“두 경기 고전하면 됐잖아. 이제 정상 컨디션을 회복할 때가 됐다고.”

론 워스트 코치와 데이브 라이트 코치의 입가로 미소가 번졌다. 그사이 강동원이 2구를 던지기 위해 다리를 높이 치켜들었다.

앞선 두 경기에서 살짝 부담스럽게 느껴졌던 키킹 동작이었다. 떨어진 구속을 만회하기 위해 평소보다 더욱 힘차게 오른발을 차올렸다. 그 과정에서 미묘하게 밸런스가 흐트러지면서 제구마저 흔들리는 악순환이 이어졌다. 하지만 오늘은 키킹 동작이 시즌 초반 때만큼이나 자연스럽게 이루어졌다.

후앗!

강동원의 손끝을 빠져 나간 공이 또다시 스미스의 미트를 향해 내리꽂혔다.

퍼어엉!

미트에 박히는 소리가 초구보다 더욱 요란스럽게 울려 퍼졌다. 그러자 스미스가 또다시 포수 마스크를 벗어 던졌다.

"이봐, 강! 살살 던져! 벌써부터 전력으로 던지면 어떻게 해."

"난 80퍼센트 정도로 던진 건데요?"

"뭐어? 이게 80%라고?"

"네, 한번 전력으로 던져 볼까요?"

"아, 아니. 아니야. 지금 공도 받기 까다로운데 전력으로 던졌다간 아휴, 난 못 받을 거야."

스미스가 고개를 흔들며 자리에 주저앉았다. 농담이 아니라 강동원의 공은 평소보다 훨씬 좋았다. 여기에 제대로 힘까지 실린다면 포구가 더욱 어려워질 터였다.

잠시 호흡을 가다듬으며 스미스가 슬쩍 고개를 돌렸다. 강동원의 연습 투구에 놀란 게 자신뿐인지 확인해 보고 싶었다.

아니나 다를까.

"방금 강이 한 이야기 들었어요?"

"저 공이 80%라고?"

"강이 농담이 많이 늘었는데요?"

"그래도 혹시 몰라. 솔직히 전력투구와는 거리가 있으니까."

"그럼 구속 좀 측정해 볼까요?"

"좋은 생각이야."

론 워스트 코치가 저만치 서 있던 직원에게 스피드건을 부탁했다. 잠시 후 직원이 최신형 스피드건을 가지고 왔다.

때마침 마운드 위에 선 강동원은 4구째 투구를 위해 숨을 고르고 있었다.

론 워스트 코치가 스피드건을 들어 올렸다. 그와 동시에 강동원이 투구판을 박차고 앞으로 나갔다.

후앗!

강동원의 손끝을 빠져 나간 공이 순식간에 스미스의 미트 속으로 빨려 들어갔다.

퍼엉!

묵직한 포구 소리가 한발 늦게 울려 퍼졌다. 그와 동시에 론 워스트 코치와 데이브 라이트 코치의 시선이 스피드건으로 향했다.

"대체 몇 마일이야?"

"헉, 96mile(≒154.5km/h)인데요?"

"뭐? 연습 투구인데 벌써 96mile이 나왔다고?"

"이거 100퍼센트로 던진다면……."

론 워스트 코치와 데이브 라이트 코치가 놀란 얼굴로 서로를 바라봤다. 그러고는 다시 강동원에게 고개를 돌렸다.

경기 중에 97mile/h(≒156.1km/h)까지도 던지는 강동원이니 96mile/h이라는 숫자가 대단치 않게 느껴질지도 몰랐다.

하지만 강동원은 현재 불펜에서 몸을 풀고 있었다. 전력투구가 아닌데도 최고 구속에 버금가는 공을 던진다는 건 컨디션이 어마어마하게 좋다는 이야기였다.

"가서 강에게 말해봐. 한 번만 전력으로 던져 보라고 말이야."

"네, 알겠습니다."

론 워스트 코치의 지시를 받은 데이브 라이트 코치가 강동원에게 다가갔다.

"전력으로요?"

"그래, 강. 컨디션을 한번 확인해 보자고."

"아, 네. 두 개 정도 더 던져 보고 제대로 한 번 던져 보겠습니다."

갑작스러운 주문에도 강동원은 불만을 갖지 않았다. 두 개의 포심 패스트볼을 통해 조금 더 감각을 끌어올린 뒤 약속한 3구째 이를 악물고 공을 내던졌다.

퍼엉!

눈 깜짝할 사이에 사라져 버린 공이 스미스의 미트를 흔들어 놓았다.

론 워스트 코치와 데이브 라이트 코치는 놀랄 새도 없이 스피드건을 바라봤다. 그러고는 동시에 묘한 미소를 머금었다.

"아무래도 오늘 큰일이 생기겠군."

"그러게 말입니다."

그때였다.

"이거 누구 겁니까?"

바로 등 뒤에서 짓궂은 목소리가 흘러나왔다.

"범가드너, 여긴 어쩐 일이야?"

"투수가 불펜 오는 게 이상한 일인가요? 그건 그렇고 이거, 강의 구속입니까?"

"쉿, 말하지 마. 경기 중에 깜짝 놀라게 해줄 테니까."

"크흐흐. 저 녀석, 경기 중에 기절하는 거 아닌가 모르겠네요."

메디슨 범가드너가 장난스럽게 웃었다. 그러고는 영문을 몰라 하는 강동원에게 엄지손가락을 들어 올렸다.

"그만하면 쓸 만했다, 애송이."

"쳇, 애송이는 너무하잖아요."

"그럼 애송이지. 10승도 못 하는 애송이."

"이제 곧 할 거거든요?"

"하고 나서 말해라, 애송이."

"만약에 오늘 경기에서 10승하면 애송이 소리 안 하는 거죠?"

"일단 10승부터 해보래도."

"두고 봐요, 메디슨."

강동원이 보란 듯이 공을 움켜쥐었다. 그리고 있는 힘껏 공을 내던졌다.

퍼엉!

총알처럼 날아간 공이 스미스의 미트를 관통했다.

"크으으……."

경험 많은 불펜 포수 스미스의 입에서 절로 앓는 소리가 흘러나왔다.

메디슨 범가드너는 다시 스피드건을 내려다봤다.

[101mile/h(≒162.5km/h)]

별로 익숙하지 않은 세 자리 숫자가 또렷하게 적혀 있었다.

"코치."

"응?"

"무슨 느낌 안 들어요?"

"무슨 느낌?"

"오늘 뭔가 대단한 기사가 나올 거 같은 느낌이요."

"하하, 그래?"

론 워스트 코치가 씩 웃었다. 데이브 라이트 코치도 듣던 중 반가운 소리라며 입가에 미소를 걸었다.

하지만 메디슨 범가드너는 마냥 웃을 수가 없었다.

"저 애송이 녀석, 두고 보자."

메디슨 범가드너가 몸을 돌렸다. 내일 경기 선발은 바로 자신이었다. 예상대로 강동원이 오늘 경기에서 대형 사고를 친다면? 어지간한 투구로는 눈길조차 받지 못할 것 같았다.

5

경기 전 강동원은 간단히 인터뷰 시간을 가졌다.

"강! 오늘 컨디션은 어때요?"

"좋습니다."

"조금 더 자세히 말해준다면요?"

"이렇게까지 좋아도 되나 싶을 정도로 몸이 가볍습니다."

"하하. 그렇군요. 오늘 상대가 파드리스입니다. 팬들은 강에게 파드리스 천적이라는 별명을 붙여줬는데요."

"아직 천적까지는 아니지만 천적이 될 수 있도록 노력하겠습니다."

"그렇다면 오늘 경기, 기대해도 되는 겁니까?

"최선을 다해 던지겠습니다. 그러다 보면 좋은 결과가 있을 거라 생각됩니다."

강동원의 인터뷰는 언제나 당당했다. 동양인 특유의 정중한 말투 속에서도 좀처럼 자신감을 잃지 않았다.

자이언츠 출입 기자들은 그런 강동원을 무척이나 좋아했다. 튀기 위해 입으로 떠드는 선수들은 널리고 널린 반면 강동원은 실력을 겸비하고 있었다. 잘되면 내 덕, 안 되면 남탓 하는 신인들과는 질적으로 느낌이 달랐다.

그러나 파드리스의 막스 맥과이어 벤치 코치의 생각은 다른 모양이었다.

"지난 경기에서 강동원에게 고전을 면치 못했는데요."

"고전이라는 표현은 좀 그렇네요. 그날 강은 운이 따랐고 타자들은 전체적으로 컨디션이 좋지 않았습니다. 게다가 경기 초반에 점수가 벌어졌고요. 그뿐입니다."

"강동원에 대한 준비는 충분한가요?"

"물론입니다. 우리는 강의 모든 단점을 완벽하게 파악하고 있습니다."

"단점만 파악했나요? 장점은요?"

"장점? 강의 장점이 뭔지 제게 알려줄래요?"

"강은 빠른 포심 패스트볼과 리그 최고 수준의 커브를 가졌습니다."

"빠른 포심 패스트볼? 그래봐야 90mile 중반이잖아요. 그런 공은 메이저리그에서 흔합니다. 커브는 뭐…… 쓸 만하더라고요. 하지만 그뿐이죠. 고작 그 정도로는 우리 파드리스를 상대할 수 없습니다."

"자신감이 대단한데요. 그럼 오늘 강동원을 잡을 생각입니까?"

"당연하죠. 강이 우리 파드리스에 강하다는 웃기지도 않은 이미지를 오늘로서 완전히 지워 버릴 생각입니다."

막스 맥과이어 벤치 코치의 도발적인 인터뷰가 자이언츠의 브루스 보체 감독의 귀에 들어갔다. 그러자 브루스 보체 감독이 보란 듯이 코웃음을 쳤다.

"아무래도 막스 맥과이어가 경기 중에 딴생각을 하는 모양입니다. 그게 아니면 뭔가 부작용이라도 생겼거나. 어쨌든 최근에 들은 이야기들 중 가장 재미있는 이야기였습니다."

"최근에 강동원의 컨디션이 좋지 않은 점에 대해서 한계가 왔다는 이야기들이 적지 않은데요."

"그건 여러 차례 밝혔듯 갑작스러운 선발 로테이션 변화로 인한 어쩔 수 없는 결과였습니다. 그리고 자이언츠는 강의 희생 덕분에 정상적인 로테이션을 다시 가동할 수 있었고요."

"오늘 경기, 어떻게 보십니까?"

"글쎄요. 난 언제나 강을 믿는 편입니다. 반면 론 워스트 코치는 강동원을 철저하게 관리해야 한다는 입장이죠. 아, 저기 론이 오네요. 이봐! 론! 오늘은 어떨 거 같아? 강이 이길 거 같아?"

브루스 보체 감독의 질문에 기자들의 시선이 론 워스트 벤치 코치에게 향했다. 그러자 론 워스트 코치가 기다렸다는 듯이 엄지손가락을 들어 올렸다.

"하하. 봤죠? 론이 이길 거랍니다. 그럼 오늘 이길 거예요. 참고로 이건 론이 말한 겁니다. 하하."

브루스 보체 감독의 장난스러운 말투에 기자들이 다 같이 웃음을 터뜨렸다. 그러나 기자들은 알지 못했다. 엄지손가락을 추켜들기 직전에 주고받았던 브루스 보체 감독과 론 워스트 코치의 눈빛 교환을 말이다.

"오늘 무슨 일이 생기겠는데?"

메디슨 범가드너의 컨디션이 좋을 때나 보이던 표정을 짓고 있던 론 워스트 코치의 얼굴을 떠올리며 브루스 보체 감독이 씩 웃었다.

그렇게 경기가 시작되었다.

6

강동원은 글러브와 모자를 챙기셔 천천히 마운드로 향했

다. 그사이 내야수와 외야수들은 뛰어서 자신의 자리로 이동했다.

강동원은 우선 마운드를 점검한 뒤 10개 정도의 연습구를 던지며 마지막으로 컨디션을 체크했다.

오늘의 경기는 ESPM을 통해 전국에 생중계 될 예정이었다.

—전반기까지만 해도 지구 선두가 확실해 보였는데요. 자이언츠가 후반기 들어 잠시 주춤하고 있습니다.

—그렇습니다. 승리를 쓸어담아야 하는 홈 10연전이 시작됐는데 승률이 좋지가 않습니다.

—일단 인디언스전부터 꼬인 느낌인데요.

—네, 인디언스와의 3연전에서 1승 2패로 루징 시리즈를 기록했습니다.

—1차전에 강동원이 나서서 패전 투수가 됐고 2차전은 에이스 메디슨 범가드너가 나왔는데도 패배했죠. 그나마 3차전에서 2선발인 제니 쿠에토만 승리를 거두었습니다.

—메디슨 범가드너는 올스타전 등판 이후 짧은 휴식 기간 때문에 아직 정상 컨디션은 아닌 것처럼 보이는데요.

—아, 그런가요? 그렇다면 브루스 보체 감독의 투수 운용에 문제가 있다고 봐야 할까요?

—그렇게까지 단정 지을 사안은 아니겠지만 어느 정도 아

쉬움이 남을 수밖에 없을 것 같습니다.

–개인적으로 후반기 선발 로테이션에 변화를 주면서 메디슨 범가드너에게 충분한 휴식을 줬으면 어땠을까 하는 생각도 드는데요.

–브루스 보체 감독은 선발 로테이션이 유지되기를 바랄 겁니다. 전반기 상승세도 선발 로테이션의 안정화 때문이라고 생각하는 것 같고요.

–그래서 후반기 첫 선발을 5선발이 강동원으로 하지 않았습니까.

–많은 분이 강동원이 푹 쉬고 나왔기 때문에 투구에 무리가 없을 거라고 생각했겠지만 올스타 브레이크 때 강동원은 한국을 다녀왔거든요. 솔직히 말씀드려 등판할 상황은 아니었던 것으로 보입니다.

–그렇다면 다시 브루스 보체 감독의 투구 운용이 잘못된 게 아닌가 하는 의심이 드는데요.

–일단은 강동원이 선발 등판을 승낙했다고 하니까요. 그 부분에 대해서는 문제 삼기 어려울 것 같습니다.

–그렇군요. 어쨌든 자이언츠는 지금 인디언스와 3연전을 시작으로 파이어리츠, 그리고 파드리스와의 4연전에 이르기까지 홈 10연전을 치르고 있는데요.

–전반기 상승세를 이어갈 절호의 기회지만 앞서 말씀 드

렸듯 승률이 좋지는 않습니다. 인디언스전에 이어 파이어리츠를 2승 1패로 잡아내며 5할 승률을 맞췄습니다만 파드리스와의 첫 경기에서 패배하면서 다시 5할 승률이 무너졌거든요.

–어제 선발이 마크 케인인데요.

–전반기 막판부터 마크 케인이 좋지가 않네요.

–그렇게 보면 자이언츠는 현재 2연패 중인데요.

–네, 그래서 오늘 경기가 중요합니다. 만약 오늘 경기까지 패배한다면 자이언츠는 3연패의 늪에 빠지게 되니까요.

–과연 강동원이 2연패를 끊어줄 것인지 기대가 되는데요.

–강동원은 파드리스전에 강했으니까요. 가능성은 충분하다고 생각합니다.

–그렇군요. 그럼 지금 마운드에 오르고 있는 강동원의 시즌 성적을 살펴보겠습니다. 총 20경기 선발로 나서서 131이닝을 투구했고 44점을 내주며 평균 자책점 3.02를 기록 중에 있습니다.

–2점대 평균 자책점이 무너졌는데요.

–그래도 9승 6패로 내셔널리그 신인 투수들 중에서는 가장 좋은 성적을 거두고 있습니다. 게다가 삼진도 164개나 기록하고 있고요.

–131이닝을 던졌으니까 이닝당 탈삼진 개수가 1.25개네요.

신인인데도 이닝당 1개 이상의 삼진을 잡아내고 있습니다.

—9이닝당 11개 페이스입니다. 이것만 봐도 현재까지 신인상에 가장 유력하다고 말할 수 있을 것 같습니다.

—하지만 후반기 성적을 조금 더 끌어올려야겠죠. 앞선 두 경기처럼 계속해서 후반기에 부진한 모습을 보여준다면 5선발도 장담하지 못할 것입니다.

—맞는 말씀입니다. 특히나 위기 상황에서 자꾸 안타를 허용하는 부분이 아쉽습니다. 전반기에 비해 삼진 페이스가 떨어진 것도 걱정스럽고요.

—오늘만큼은 자이언츠 파크를 가득 메운 팬들을 위해 멋진 탈삼진 쇼를 펼쳐 줬으면 좋겠습니다.

—팬들도 닥터 강의 귀환을 바라고 있을 테니까요.

—아, 이제 곧 경기가 시작되려 합니다.

ESPM 중계진의 말이 떨어지기가 무섭게 카메라가 마운드 위를 비췄다.

강동원은 마운드를 내려가 로진백을 툭툭 두드리고 있었다. 그사이 파드리스의 1번 타자인 트레비스 얀키우스키가 타석에 들어서고 있었다.

"좋아, 시작해 보자."

강동원은 손에 쥐었던 로진백을 바닥에 휙 하고 내던졌다.

그리고 손에 묻은 하얀 가루를 입으로 길게 불었다.

"후……!"

마운드로 올라온 강동원이 투구판에 발을 올렸다.

강동원이 공을 던질 준비를 마치자 비스트 포지도 마스크를 고쳐 쓰고 자리에 앉았다.

'초구를 뭘 던지게 할까?'

비스트 포지는 슬쩍 트레비스 얀키우스키를 확인했다.

홈 플레이트 쪽에 바짝 붙어 있는 것이 약간 거슬렸다.

'조금 뒤로 가게 해볼까?'

비스트 포지는 검지 하나를 펼치고 뒤이어 새끼손가락을 펼쳐 타자 안쪽으로 까딱거렸다.

'몸 쪽 포심이라.'

사인을 확인한 강동원이 씩 웃었다.

아무래도 홈 플레이트에 바짝 붙어 있는 트레비스 얀키우스키를 뒤로 살짝 물러나게 할 속셈인 모양이었다.

강동원이 고개를 끄덕인 후 투구판을 단단히 밟았다. 그리고 불펜에서 던질 때처럼 힘차게 다리를 차올렸다.

크게 무리를 하지 않았는데도 다리는 상당히 높게 들렸다. 강동원은 그 힘을 이용해 힘차게 투구판을 박차고 앞으로 나갔다.

후앗!

강동원의 손끝에서 빠져 나간 공이 순식간에 트레비스 얀키우스키의 몸 쪽으로 파고 들어갔다.

"윽!"

코스를 파악한 트레비스 얀키우스키가 반사적으로 엉덩이를 빼냈다. 그사이 홈 플레이트 위를 스쳐 지난 공이.

퍼엉!

비스트 포지의 미트 속에 요란스럽게 파묻혔다.

"스트라이크!"

잠시 뜸을 들이던 심판이 오른손을 들어 올렸다.

"뭐라고?"

순간 트레비스 얀키우스키가 깜짝 놀란 눈으로 포수 미트를 바라봤다. 분명 깊었다고 생각했는데 비스트 포지의 미트는 정확하게 스트라이크존의 경계선에 걸쳐 있었다.

"젠장할."

트레비스 얀키우스키가 입술을 깨물며 전광판을 바라봤다.

놀랍게도 전광판에는 98mile/h(≒157.7㎞/h)이라는 숫자가 찍혀 있었다.

"뭐지? 저 자식 공이 저렇게까지 빠르진 않았는데?"

트레비스 얀키우스키가 믿기 어렵다는 눈으로 강동원을 노려봤다.

어쩌면 당연한 일. 후반기 개막 직후 파드리스 원정에서 강동원의 포심 패스트볼 최고 구속은 96mile/h(≒154.5km/h)에 불과했다.

평균 구속은 93mile/h(≒149.7km/h)정도. 그래서 트레비스 얀키우스키를 비롯한 타자들이 거의 받쳐 놓고 강동원의 포심 패스트볼을 공략해 냈다.

그런데 십여 일 만에 다시 만난 오늘의 강동원은 달랐다. 구속은 물론이고 공의 무브먼트와 체감 구속까지, 지난 경기 때와는 전혀 다른 공을 던지고 있었다.

"몰래 약이라도 빤 거야, 뭐야?"

트레비스 얀키우스키가 눈을 부라리며 다시 타석에 들어섰다. 그러고는 처음과 마찬가지로 이번에도 홈 플레이트에 바짝 붙었다.

"학습 능력이 떨어지는 친구로군."

비스트 포지는 피식 웃으며 다시 초구와 똑같은 사인을 보냈다. 강동원도 가볍게 고개를 끄덕이고는 다시 힘차게 공을 내던졌다.

후앗!

강동원의 손끝을 빠져 나간 공이 트레비스 얀키우스키의 몸 쪽을 빠르게 파고들었다.

"윽!"

빠른 공을 노리고 들어왔던 트레비스 얀키우스키는 이번에도 신음을 내뱉으며 뒤로 물러나고 말았다. 공의 움직임이 너무 빨라 도저히 타이밍을 맞추지 못한 것이다.

퍼엉!

"스트라이크!"

묵직한 포구 소리에 이어 심판의 스트라이크 콜이 울려 퍼졌다.

그리고.

"와우."

비스트 포지의 입에서도 탄성이 터져 나왔다.

전광판에 찍힌 구속은 99mile/h(≒159.3km/h)이었다.

초구보다 1mile/h이 더 빨라졌다.

공식적으로 알려진 강동원의 최고 구속은 98mile/h(≒157.7km/h)이었다. 컨디션이 좋은 날에는 97mile/h(≒156.1km/h)대의 공을 자주 던지곤 했다.

그리고 비공식 최고 구속은 얼마 전까지 100mile/h(≒160.9km/h)이었다.

경기 중에는 단 한번도 100mile/h이 나오지 않았지만 비스트 포지를 비롯해 구단 관계자들은 강동원이 100mile/h이상의 공을 던질 수 있다고 믿었다.

그런데 강동원이 자체 최고 구속인 98mile/h을 넘어

99mile/h을 기록했다. 그것도 정확하게 제구가 잡힌 공을 던졌는데 말이다.

"이 녀석, 오늘 공이 장난 아닌데?"

비스트 포지가 씩 웃으며 공을 돌려주었다. 최근 강동원의 컨디션이 좋지 않아 신경 쓰였었는데 적어도 오늘 만큼은 아무 걱정할 필요가 없을 것 같았다.

–와우! 와우!

–강동원! 2구째도 빠른 포심 패스트볼을 트레비스 얀키우스키의 몸 쪽에 찔러 넣습니다.

–정말 완벽에 가까운 공이었는데요. 구속도 상당했죠?

–초구 98mile에 이어 2구는 99mile을 기록했습니다. 메이저리그 최고 구속을 갱신했는데요.

–다시 한번 보시죠. 하하. 기가 막힙니다. 오늘 강동원 선수의 공은 그 누구도 치지 못할 것 같습니다.

–메이저리그 최고의 강타자 중 한 명이었던 파드리스의 막스 맥과이어 코치라 해도 치기 어려울 것 같습니다.

–하하하, 저도 그 생각을 했습니다.

–이런 똑같은 생각을 했군요.

ESPM 중계진들도 호들갑을 떨어댔다.

자이언츠 관중들도 탄성을 내질렀다.

"오오오오! 봤냐? 봤냐고?"

"99mile? 전광판이 고장 난 건 아니겠지?"

"무슨 헛소리를 하는 거야! 강이 드디어 돌아온 거라고!"

"강! 그거야! 그렇게만 던지라고!"

"이 사랑스러운 자식! 이런 널 기다렸다고오오!"

어떤 금발의 여성팬은 어떻게 한글을 알았는지 '사랑해요, 강동원! 저랑 결혼해요!'란 플래카드를 열정적으로 흔들어 댔다. 그리고 그 모습이 중계 카메라에 정확하게 잡혔다.

—저 여성분, 강동원에게 홀딱 빠졌군요.

—저게 무슨 의미일까요? 강동원을 향한 메시지 같은데요.

—설마 욕은 아니겠죠?

—하하. 그럼 방송 사고인 거죠.

—아, 방금 메시지의 뜻이 도착했습니다. '사랑해요, 강동원. 나와 결혼해 줘요'란 의미였네요.

—천만다행입니다.

—그러니까 말이죠. 확실히 젊고 장래가 촉망되는 선수라서인지 몰라도 여성팬들에게 인기가 많은 것 같습니다.

—게다가 오늘 어마어마한 공을 던지고 있죠.

—볼카운트가 투 스트라이크 노 볼입니다. 투수에게 절대

적으로 유리한 상황에서 강동원의 다음 투구는 어떻게 될지 궁금합니다.

–자, 보시죠.

중계 카메라가 다시 홈플레이트 쪽을 비췄다. 때마침 비스트 포지가 가랑이 사이로 손가락을 움직이고 있었다.

비스트 포지는 강동원의 공을 보고 더 이상 질질 끌 필요가 없다고 판단했다.

'자! 바로 승부 보자!'

비스트 포지의 사인을 확인한 강동원이 씩 웃었다. 까다로운 1번 타자를 투 스트라이크로 몰아넣은 만큼 그 역시도 빨리 승부를 걸고 싶었다.

가볍게 고개를 끄덕인 뒤 강동원이 커브 그립을 쥐었다. 그리고 비스트 포지의 미트를 향해 공을 던졌다.

후앗!

강동원의 손끝을 빠져 나간 공이 거의 한가운데로 포물선을 그리며 날아들었다.

트레비스 얀키우스키는 순간 커브라는 것을 직감하고 방망이를 멈춰 세웠다. 빠른 공에 초점을 맞춘 상황에서 강동원의 커브는 쉽게 때려낼 수 없는 공이었다.

'빠져라! 빠져!'

하지만 공은 그대로 뚝 떨어져 스트라이크존을 통과했다.

"스트라이크 아웃!"

구심이 기다렸다는 듯이 오른팔을 들어 올렸다.

"허……!"

트레비스 얀키우스키는 말도 안 되는 궤적을 그리며 떨어진 공을 멍하니 바라보았다. 여태까지 본 강동원의 커브보다 움직임이 훨씬 더 요란스러웠다.

'이걸 어떻게 치라는 거야?'

트레비스 얀키우스키가 고개를 절레절레 흔들며 더그아웃으로 몸을 돌렸다. 그 모습을 지켜보며 브루스 보체 감독이 주먹을 움켜쥐었다.

"론! 봤어? 첫 타자부터 3구 삼진이라고!"

브루스 보체 감독이 씩 웃으며 론 워스트 벤치 코치를 바라봤다. 그러자 론 워스트 코치가 그럴 줄 알았다며 고개를 끄덕였다.

"제가 말씀드렸잖아요. 강의 컨디션이 좋다고."

"저 정도로 좋다는 말은 없었잖아."

"어쨌든 흥분을 가라앉혀요, 브루스. 앞으로 놀랄 일은 더 많을 테니까."

론 워스트 코치가 의미심장한 미소를 머금은 사이 2번 타자 얀게르비스 솔라테가 타석에 들어섰다.

스위터 히터인 얀게르비스 솔라테는 왼쪽 타석에 들어섰다.

벤치에서 별도의 사인이 나온 것인지는 몰라도 얀게르비스 솔라테 역시 홈 플레이트에 가깝게 붙어 있었다.

"자, 나한테는 칠 만한 공을 던져 달라고. 애송이."

얀게르비스 솔라테는 앞선 경기를 떠올렸다. 그 당시 밋밋하게 들어왔던 강동원의 공을 잡아당겨 2루타를 때려낸 기억이 또렷이 남아 있었다.

하지만 오늘 강동원의 공은 달랐다. 바로 앞선 타석에서 트레비스 얀키우스키가 삼진을 당했는데도 얀게르비스 솔라테는 그 점을 간과했다.

'이 녀석들은 단체로 학습 능력이 떨어지는군.'

얀게르비스 솔라테를 힐끔 바라보던 비스트 포지가 손가락을 움직였다.

초구 사인은 몸 쪽으로 파고드는 슬라이더.

강동원의 주 무기는 아니었지만 포심 패스트볼을 노리고 들어오는 타자들의 스윙을 유도하기에 적합한 공이었다.

사인을 확인한 강동원은 단단히 고개를 끄덕였다. 그리고 뜸 들이지 않고 재빨리 공을 던졌다.

후앗!

강동원의 손끝을 빠져 나간 공이 살짝 몰리듯 몸 쪽으로 날아들었다. 그러자 얀게르비스 솔라테가 기다렸다는 듯이 방망이를 내돌렸다. 하지만.

딱!

마지막 순간에 몸 쪽으로 꺾여 들어간 공은 방망이 중심이 아니라 손잡이 부분에 걸렸다. 그리고 그대로 얀게르비스 솔라테의 정강이를 때렸다.

"윽!"

얀게르비스 솔라테가 단말마의 비명을 지르며 그 자리에 털썩 하고 주저앉았다. 그러고는 자신의 오른쪽 정강이 부위를 잡고 고통에 신음했다.

그러자 곧바로 의료진이 뛰쳐나왔다. 중계진도 리플레이 화면을 보며 안타까움을 전했다.

–바로 이 장면입니다. 얀게르비스 솔라테, 많이 아프겠는데요.

–타구가 정확하게 오른쪽 정강이를 때렸어요. 보호대가 없는 부분인데요. 저건 진짜 아프겠어요.

–그만큼 강동원의 슬라이더가 예리했습니다.

–네, 몸 쪽으로 상당히 날카롭게 휘어져 들어갔는데 그걸 억지로 받아치려고 했으니 타구 굴절이 일어날 수밖에 없습니다.

―큰 부상은 아니어야 할 텐데요.

―얀게르비스 솔라테, 아직까지 자리에서 일어나지 못하고 있습니다.

의료진은 얀게르비스 솔라테 오른쪽 정강이 부위에 연신 스프레이 파스를 뿌렸다. 그럼에도 얀게르비스 솔라테의 통증은 쉽사리 사라지지 않았다.

강동원도 살짝 미안해진 얼굴로 얀게르비스 솔라테 쪽을 바라봤다. 그러자 비스트 포지가 걱정할 것 없다며 수신호를 보냈다.

그렇게 삼 분여가 흐른 뒤 얀게르비스 솔라테가 천천히 다리에서 일어났다.

자이언츠 팬들은 얀게르비스 솔라테를 위해 박수를 쳐 주었다. 얀게르비스 솔라테는 천천히 걸음을 움직이더니 의료진에게 괜찮다고 말을 한 후 다시 타석에 들어섰다.

얀게르비스 솔라테는 강동원에게도 손을 들어 시간을 끌어 미안하다는 제스처를 취했다.

강동원은 씩 웃으며 가볍게 고개를 끄덕여 줬다. 솔직히 누구보다 약이 오르고 화가 나는 건 얀게르비스 솔라테일 텐데 고통을 이겨내는 것으로도 모자라 매너까지 지키는 모습을 보니 괜히 메이저리거가 아니라는 생각이 들었다.

가볍게 어깨를 돌리며 강동원은 다시 투구판에 발을 올렸다. 그러자 비스트 포지가 기다렸다는 듯이 몸 쪽 공을 요구했다.

구종은 체인지업이었다.

앞선 타석 때처럼 얀게르비스 솔라테가 맘껏 잡아당기지는 못할 테니 충분히 타이밍을 빼앗아낼 수 있다고 판단했다.

사인을 확인한 강동원이 가볍게 고개를 끄덕였다. 그리고 비스트 포지의 미트를 향해 빠르게 공을 던졌다.

후앗!

강동원의 투구 폼은 포심 패스트볼을 던질 때와 거의 유사했다. 당연하게도 얀게르비스 솔라테는 강동원이 포심 패스트볼을 던졌다고 여겼다.

"젠장!"

얀게르비스 솔라테는 또다시 몸 쪽으로 공이 오자 움찔했다. 그렇다고 눈에 보이는 공을 그냥 둘 수도 없었다. 그래서 망설이지 않고 방망이를 돌렸다. 그런데.

"……!"

마지막 순간에 공이 훅 하고 가라앉았다.

딱!

방망이 끝 부분에 아슬아슬하게 걸린 공이 그대로 1루 쪽 파울 라인을 벗어났다. 그나마 마지막 순간에 팔을 쭉 뻗었으니 망정이지 그대로 방망이를 내돌렸다간 허공을 가를 뻔했다.

"크으으……!"

얀게르비스 솔라테가 낮게 신음했다. 초구 슬라이더에 이어 2구째 체인지업이라니. 예상과 다른 강동원의 대담한 투구에 완전히 휘말린 기분이었다.

그사이 비스트 포지는 심판에게 새 공을 받아 강동원에게 던져 주었다. 강동원은 새 공을 두 손으로 문지른 후 로진백을 손에 묻혔다.

"후우……!"

손에 묻은 로진 가루를 길게 불어내며 강동원이 다시 마운드에 섰다.

비스트 포지는 3구 역시 몸 쪽 공을 요구했다. 구종은 포심 패스트볼. 코스는 초구, 2구보다는 높았다.

하이 패스트볼.

하지만 스트라이크와 볼의 경계가 아니라 확실한 스트라이크를 던지라는 게 비스트 포지의 요구였다.

초구와 2구에 당한 얀게르비스 솔라테가 스윙을 하지 않을지도 모른다는 계산이 깔린 판단이었다.

'역시 포지는 꼼꼼하다니까.'

강동원은 고개를 끄덕였다. 그리고 곧바로 투구판을 박차고 앞으로 나갔다.

후아앗!

강동원의 손끝을 빠져 나간 공이 정확하게 얀게르비스 솔라테의 가슴 높이로 날아갔다.

그런데 다소 힘이 들어간 것일까. 공이 비스트 포지의 요구보다 몸 쪽으로 더 말려 들어갔다.

순간 깜짝 놀란 얀게르비스 솔라테가 허리를 뒤로 젖히며 그 공을 피했다.

퍼엉!

비스트 포지가 팔을 쭉 뻗어 공을 받아냈다. 그리고 잠시 후.

"오오오오!"

"봤어? 봤냐고!"

관중석 곳곳에서 탄성이 터져 나왔다.

전광판에 찍힌 구속은 무려 100mile/h(≒160.9km/h).

비록 스트라이크존을 벗어나긴 했지만 강동원의 개인 최고 구속이 또다시 갱신됐다.

그러나 정작 강동원은 구속을 신경 쓰지 못했다. 비스트 포지에게 공을 건네받고는 곧장 흥분을 가라앉히는 데 집중했다.

비스트 포지가 두 손을 몇 번 내렸다.

'진정하자! 진정해!'

강동원은 스스로에게 주문을 외웠다. 그리고 마운드로 올라가 한결 가벼워진 얼굴로 비스트 포지를 바라봤다.

잠시 고심하던 비스트 포지가 천천히 손가락을 움직였다.

4구째 사인도 몸 쪽이었다. 강동원이 3구 연속 몸 쪽 공이 들어왔으니 얀게르비스 솔라테가 바깥쪽을 노릴 것이라고 판단을 내린 모양이었다.

물론 코스는 만만치 않았다.

타자 무릎 쪽으로 파고드는 낮은 스트라이크.

조금만 삐끗해도 한복판으로 몰릴 가능성이 높은 공이었다.

하지만 비스트 포지는 강동원이 또다시 실투를 던질 거라 생각하지 않았다. 설사 2구 연속 실투가 들어오더라도 지금 강동원의 공이라면 얀게르비스 솔라테를 이겨낼 수 있을 것이라고 여겼다.

"좋아요, 포지."

강동원도 단단히 고개를 끄덕였다.

투 스트라이크 원 볼이다.

여기서 물러서면 투 스트라이크 투 볼이 된다.

똑같은 투 스트라이크지만 원 볼과 투 볼 상황은 전혀 달랐다.

원 볼일 때는 여유롭게 볼을 던질 수 있는 투수가 수 싸움에서 유리한 고지를 잡을 수 있었다. 하지만 투 볼이 되면 투수는 풀카운트를 걱정해야 하는 처지에 몰릴 수밖에 없었다.

공격적인 피칭을 선호하는 강동원은 볼카운트가 불리해지길 원치 않았다.

"후우……."

강동원이 길게 숨을 골랐다.

비스트 포지가 천천히 미트를 들었다.

비스트 포지의 미트는 정확하게 타자의 무릎 바로 옆쪽에 붙어 있었다. 마치 '여기가 아니면 안 돼'라고 강동원에게 말해주는 것만 같았다.

강동원은 다시 한번 비스트 포지의 미트 위치를 확인했다. 그러고는 힘차게 투구판을 박차고 나갔다.

후앗!

강동원의 손끝에서 떠난 공이 낮게 깔린 채로 얀게르비스 솔라테의 몸 쪽을 파고들었다.

'저 자식이!'

4구 연속 몸 쪽 승부에 얀게르비스 솔라테가 미간을 찌푸렸다. 하지만 흥분하지 않았다. 느낌상 스트라이크존보다 낮게 들어왔다고 판단한 것이다.

하지만 생각만큼 가라앉지 않은 공이 살아서 홈 플레이트 위를 스쳐 지나는 것을 본 구판의 생각은 달랐다.

"스트라이크 아웃!"

구심이 단호하게 오른팔을 들어 올렸다.

"뭐라고요?"

얀게르비스 솔라테가 어처구니없다는 얼굴로 구심을 노려봤다.

"낮았잖아요. 이게 왜 삼진이에요?"

"제대로 들어왔어. 낮지 않았다고."

"제 무릎보다 밑으로 들어왔어요!"

"충분히 때릴 수 있는 코스였어."

"이걸 무슨 수로 치라는 거예요?"

얀게르비스 솔라테는 작심하고 구심에게 항의를 하였다. 만약 오늘 구심이 이 코스를 잡아준다면 파드리스 타자들이 힘들어질지 모른다고 판단한 것이다.

그러나 구심은 눈 하나 까딱하지 않았다.

"이미 끝난 일이니까 빨리 더그아웃으로 들어가라고. 어서!"

오히려 마치 퇴장을 주기라도 할 것처럼 얀게르비스 솔라테에게 으름장을 놓았다.

"젠장할. 어떻게 된 거야?"

선두 타자 트레비스 얀키우스키에 이어 얀게르비스 솔라테마저 삼진으로 물러나자 파드리스 에디 그린 감독의 얼굴이 구겨졌다.

오늘 강동원의 공은 앞선 경기와 전혀 달랐다. 시즌 초, 한창 좋을 때보다도 더 좋아보였다.

당황한 건 막스 맥과이어 벤치 코치도 마찬가지였다. 후반기 첫 경기에서 강동원을 무너뜨렸던 추억에 흠뻑 빠져 있던 막스 맥과이어 코치로서는 강동원의 투구가 믿어지지가 않았다.

"대체 며칠 사이에 무슨 일이 있었던 거야?"

막스 맥과이어 코치가 흥분해 소리쳤다. 그러자 옆에 있던 타격 코치인 앨런 지터가 조심스럽게 말했다.

"저 녀석, 혹시 약 먹은 거 아닐까요?"

순간 막스 맥과이어의 얼굴이 와락 일그러졌다. 약물 파동으로 인해 명예의 전당 입성에서 계속 미끄러지고 있는 자신의 앞에서 약을 운운하다니. 설사 강동원이 몰래 약물을 복용했다 하더라도 웃어넘길 수 없는 소리였다.

"지금 뭐라고 떠든 거야?"

막스 맥과이어 코치가 눈을 부라리며 앨런 지터 코치를 바라보았다. 그러자 앨런 지터 코치가 움찔 놀라며 고개를 숙였다.

"죄, 죄송합니다. 제가 말실수를……."

"됐어! 저리 꺼져!"

막스 맥과이어 코치가 사납게 소리쳤다. 앨런 지터 코치가 사과를 했다지만 이미 엎질러진 물이었다.

모두가 알다시피 막스 맥과이어 코치 역시 약물을 복용한 전례가 있었다. 하지만 그라운드 내에서는 불문에 붙이는 것이 매너였다. 그것을 간과했다는 것 자체가 자신에 대한 무례나 다름없었다.

막스 맥과이어 코치가 다른 데 정신이 팔린 사이 얀게르비스 솔라테는 몸을 돌려 더그아웃으로 걸어갔다.

얀게르비스 솔라테는 벤치에 앉을 때까지 강동원의 공이 낮았다고 생각했다. 하지만 중계진은 그 어떤 논란도 만들지 않았다.

–스트라이크입니다.

–네, 정말 아슬아슬한 코스에 걸쳐 들어왔죠.

–얀게르비스 솔라테의 눈에는 낮게 보였을 수도 있습니다만 어쨌든 스트라이크입니다.

–하하. 리플레이만 보아도 공은 정확하게 몸 쪽 낮게 꽉 찬 코스로 들어온 것을 확인할 수 있으니까요.

–어쨌든 강. 오늘 컨디션이 무척 좋아 보입니다.

중계진의 말이 떨어지기가 무섭게 중계 카메라가 마운드 위의 강동원을 비췄다.

파드리스의 테이블 세터를 연속 삼진으로 잡아내서일까.

강동원의 얼굴에는 한결 여유가 번져 있었다.

"좋았어! 강!"

"잘하고 있어! 그렇게만 던지라고!"

내야수들이 번갈아 가며 강동원을 독려했다. 특히나 3루수 에두아르 누네스는 자신은 이제부터 쉬겠다며 너스레를 떨었다.

"걱정 마요, 누네스. 그쪽으로 꼭 타구를 보낼 테니까요."

강동원이 피식 웃으며 마운드에 올랐다. 그사이 3번 타자 알렉스 디커슨이 타석에 들어섰다.

오늘 파드리스 라인업은 1번부터 3번까지 좌타자들이 포진되어 있었다. 정교한 타격을 펼치는 교타자들을 앞세워 강동원을 무너뜨리겠다는 계산이 깔려 있었다.

하지만 트레비스 얀키우스키와 얀게르비스 솔라테가 연속 삼진으로 물러나면서 현재까지는 그 재미를 보지 못하고 있었다.

"후우……."

알렉스 디커슨은 앞선 두 타자가 삼진으로 물러나는 것을 보고 긴장감을 높였다. 대기 타석에서 지켜본 강동원의 투구는 확실히 후반기 첫 경기 때 상대했던 투구보다 훨씬 위력적으로 느껴졌다.

구속은 둘째 치고 일단 공이 홈 플레이트 앞까지 살아서 날아들었다.

그렇다 보니 히팅 타이밍을 가져가기가 쉽지 않았다. 그렇다고 무브먼트가 요란해지기 전에 때리기 위해 타석 앞쪽에 붙어 섰다간 구속에 밀릴 것만 같았다.

'저 녀석 대체 뭐야? 대체 그동안 뭔 짓을 한 거야?'

알렉스 디커슨은 머릿속이 혼란스러운 상태에서 타석에 들어섰다.

강동원의 투구가 예상을 완전히 벗어난 탓에 자신이 무슨 공을 노려야 하는지도 판단이 서질 않았다.

'그건 그렇고 난 어떤 공을 노려야 하지? 포심? 커브? 체인지업?'

알렉스 디커슨이 고심에 빠진 사이 강동원이 힘차게 투구판을 박차고 나갔다.

후앗!

강동원의 손끝을 빠져 나간 공이 느리게 바깥쪽으로 날아들었다.

커브.

큰 포물선을 그리던 공은 마지막 순간에 뚝 떨어지며 정확하게 스트라이크존을 파고들었다.

"스트라이크!"

구심이 가볍게 오른팔을 들어 올렸다.

"젠장!"

알렉스 디커슨이 이를 악물었다. 정신을 바짝 차리고 있었다면 충분히 공략 가능한 공이었는데 잡생각에 빠져 있느라 초구를 눈 뜨고 놓치고 말았다.

'집중하자, 집중해!'

타석 밖에서 장갑을 고치며 알렉스 디커슨은 마음을 다잡았다. 그리고 제법 단호한 얼굴로 타석에 들어와 방망이를 들어 올렸다.

하지만 강동원은 눈 하나 까딱하지 않았다. 포수석에 앉은 비스트 포지도 피식 웃고는 곧바로 사인을 냈다.

2구째 사인은 바깥쪽 포심 패스트볼.

가볍게 고개를 끄덕인 뒤 강동원이 힘차게 공을 던졌다.

후앗!

강동원의 손끝을 빠져 나간 공이 한복판을 지나 바깥쪽으로 파고들었다.

알렉스 디커슨이 반사적으로 어깨를 움찔거렸지만 그뿐. 순식간에 홈 플레이트 앞을 지나가 버린 공을 그저 멍하니 지켜볼 수밖에 없었다.

'제발, 제발!'

알렉스 디커슨이 타석에서 벗어나며 구심을 바라봤다. 천만 다행히도 구심의 오른팔은 올라가지 않았다.

하지만 정작 관중들은 스트라이크를 잡았을 때보다 더 큰 환호를 보냈다.

"봤어? 또 99mile이야."

"오늘 강의 공이 장난이 아닌데?"

"그러게. 난 잠깐 나오다 말 줄 알았는데 이거 왠지 기대가 되는걸?"

관중들의 기대 속에 강동원은 3구를 던지기 위해 사인을 기다렸다.

비스트 포지는 바깥쪽으로 흘러 나가는 체인지업을 요구했다. 2구째 바깥 쪽 빠른 공을 봤으니 알렉스 디커슨의 방망이가 끌려 나올 거라고 판단한 것이다.

'역시, 포지는 영리하다니까.'

가볍게 고개를 끄덕이며 강동원이 글러브 안에서 체인지업 그립을 고쳐 쥐었다. 그리고 잠시 호흡을 고른 후 있는 힘껏 투구판을 박차고 앞으로 나갔다.

후앗!

강동원의 손끝을 빠져 나간 공이 2구와 마찬가지로 한복판에서 바깥쪽으로 빠르게 흘러 나갔다.

자연스럽게 알렉스 디커슨의 방망이가 빠르게 허리를 빠져나왔다. 하지만 마지막 순간에 알렉스 디커슨은 아랫배에 힘을 주며 방망이를 멈춰 세웠다. 미세하게 꿈틀거리는 공의 움직임을 알아챈 것이다.

그러자 비스트 포지도 지지 않고 팔을 쭉 뻗으며 공을 들어올렸다. 낙폭을 최소로 줄여 스트라이크 판정을 이끌어내겠다는 꿍꿍이었다. 그리고 구심은 비스트 포지의 프레이밍에 깜빡 넘어가 버렸다.

"스트라이크!"

"뭐라고요?"

생각지도 못했던 스트라이크 판정에 알렉스 디커슨이 놀란 얼굴로 구심을 쳐다보았다.

공 하나 차이이긴 하지만 원 스트라이크 투 볼과 투 스트라이크 원 볼은 전혀 달랐다.

원 스트라이크 투 볼이라면 알렉스 디커슨은 한결 여유로운 마음으로 강동원의 4구를 기다릴 수 있었다.

어떤 공이 들어오더라도 상관없었다. 4구가 스트라이크가 된다 하더라도 투 스트라이크 투 볼이니 마음에 드는 공이 아니면 건드릴 필요조차 없었다.

그러나 투 스트라이크 원 볼이라면 이야기가 달랐다. 알렉스 디커슨은 삼진을 피하기 위해 스트라이크 다 싶은 공들을 전부 공략해야만 했다.

"낮았잖아요."

"아니야, 딱 걸치는 공이었어."

"비스트 포지가 프레이밍을 한 거라고요."

"제대로 들어왔다니까. 지금 내 판단을 의심하는 거야?"

"젠장할!"

구심의 단호함에 알렉스 디커슨은 고개를 절레절레 흔들었다. 느낌상 구심이 고집을 부리는 게 느껴졌다. 하지만 이 상황에서 더 이상 따져 봐야 득이 될 게 없을 것 같았다.

'참자, 참아!'

알렉스 디커슨은 부글거리는 속내를 애써 참아냈다. 그러는 동안 중계진은 비스트 포지의 프레이밍 능력을 칭찬하고 있었다.

–보이십니까? 솔직히 조금 낮았죠. 하지만 비스트 포지가 제때 미트를 들어 올리면서 볼을 스트라이크로 바꿔 놓았습니다.

–만약에 저게 빠졌으면 골치 아팠을 겁니다.

–볼카운트가 확 달라졌을 테니까요.

–올 시즌 비스트 포지의 프레이밍 능력이 날이 갈수록 좋아지고 있습니다. 강동원뿐만 아니라 자이언츠 투수들은 경기가 끝나면 비스트 포지에게 근사한 식사를 대접해야 할 것 같습니다.

–하하, 강동원이 비스트 포지를 향해 엄지를 들어 올리네요.

–고맙다는 소리겠죠. 확실히 강동원과 비스트 포지는 호흡이 잘 맞는 것 같습니다.

비스트 포지 덕분에 스트라이크를 하나 벌게 된 강동원은 씩 웃으며 로진백을 주물렀다. 그러면서 비스트 포지의 프레이밍 실력에 감탄을 터뜨렸다.

'저건 문혁이도 안 돼. 정말…… 포지는 사랑하지 않을 수가 없다니까.'

스트라이크와 볼의 경계 선상에 걸친 공도 아니고 지금처럼 유인구로 던진 공을 스트라이크로 바꿔놓는 건 아무나 할 수 있는 일이 아니었다.

그러나 비스트 포지는 중요한 순간마다 최선을 다해 볼카운트를 유리하게 바꿔놓으려고 노력했다.

물론 매번 통하는 건 아니지만 지금처럼 비스트 포지의 프레이밍이 통할 때면 소액 복권에 당첨된 것 같은 기분마저 들었다.

"후우……!"

손에 묻은 하얀 가루를 길게 불어내며 강동원이 다시 마운드에 올랐다.

'일단 카운트는 확실히 유리해졌어.'

강동원이 투구판을 발로 툭툭 건드리며 생각했다.

'아마 여기서 승부를 보겠지? 승부구는 뭘까? 커브?'

강동원은 내심 커브를 기대하며 비스트 포지를 바라봤다. 그런데 정작 비스트 포지는 4구로 포심 패스트볼을 요구했다.

‘포심이라…….’

강동원은 묵묵히 고개를 끄덕였다. 커브를 던져 삼진을 잡는 게 가장 먼저 떠오르긴 했지만 비스트 포지의 말처럼 빠른 포심 패스트볼로 알렉스 디커슨을 윽박지르는 것도 나쁘지 않을 것 같았다.

“좋아, 포지!”

강동원은 단단히 투구판을 밟았다. 그리고 비스트 포지의 미트를 향해 힘차게 공을 내던졌다.

후앗!

강동원의 손을 벗어난 새하얀 공이 순식간에 알렉스 디커슨의 몸 쪽으로 날아들었다. 그러자 알렉스 디커슨도 기다렸다는 듯이 방망이를 내돌렸다.

‘잡을 수 있어!’

알렉스 디커슨은 내심 포심 패스트볼이 반가웠다. 그렇지 않아도 빠른 공을 제대로 한번 때려내고 싶던 차였다.

그러나 강동원의 포심 패스트볼은 알렉스 디커슨이 생각했던 것보다 훨씬 더 빨랐다.

알렉스 디커슨의 방망이가 채 홈 플레이트에 도달하기도 전에.

퍼엉!

묵직한 미트 소리가 귓가에 울려 퍼졌다.

'젠장할!'

타이밍을 놓친 알렉스 디커슨은 차선책으로 허리를 멈춰 세우려 했다.

일단 방망이만 세워 놓으면 구심의 판정 여부에 따라 한 번 더 방망이를 휘두를 기회가 생길지도 모른다고 여겼다.

그러나 이미 가속이 붙어버린 방망이 헤더는 그대로 홈 플레이트를 넘어가 버렸다.

"스트라이크, 아웃!"

구심이 더 볼 것도 없다며 오른팔을 들어 올렸다.

"좋았어!"

강동원이 주먹을 불끈 쥐며 소리쳤다. 그러고는 냉큼 비스트 포지에게 다가가 주먹을 부딪쳤다.

"그래! 바로 그거야, 강!"

브루스 보체 감독도 난간을 두드리며 좋아했다. 경기 시작과 동시에 최근 주춤했던 선발 투수가 세 타자를 연속 삼진으로 돌려세웠으니 기쁘지 않을 수가 없었다.

중계진도 호들갑을 떨었다.

―강! 강! 가아앙! 자이언츠 팬 여러분. 기뻐하십시오. 닥터 강이 돌아왔습니다!

―바로 저거죠. 우린 저 모습을 보기 위해 이 경기를 중계

하고 있으니까요.

–몸 쪽으로 포심 패스트볼을 붙여 넣었는데요. 전광판 구속이 무려 99mile이 나왔습니다.

–오늘따라 구속이 심상치 않은데요. 최고 구속을 경신하고 100mile을 던진 게 우연이 아닌 것 같습니다.

–올스타전 브레이크 때 잠시 한국에 다녀온 것으로 알려졌는데요. 한국에서 무슨 일이 있었던 걸까요?

–아마 오랜만에 가족과 함께하면서 용기를 얻었던 것 같습니다.

–어쨌든 이 분위기대로라면 오늘 경기, 강의 열 번째 승리를 볼 수 있을 것 같은데요.

–승리뿐만 아니라 어쩌면 엄청난 무언가를 달성할지도 모르겠습니다.

–하하. 그건 좀 이른 판단이 아닐까요?

–물론 그렇죠. 하지만 제 감은 그렇게 말하고 있네요.

–그래요? 그럼 저도 한번 기대해 보겠습니다.

중계진의 호평을 받으며 강동원은 당당히 마운드를 내려갔다.

"강! 잘했어!"

"닥터 강! 언제 돌아온 거야?"

"완벽한 수술이었다고!"

"크흐흐. 저 녀석들, 널 계속 노려보고 있는데?"

브루스 보체 감독을 시작으로 선수들은 앞다투어 강동원과 하이 파이브를 나누었다.

뒤쪽 벤치에 앉아 있던 엉덩이 무거운 메디슨 범가드너도 긴 팔을 쭉 뻗으며 강동원에게 주먹을 내밀었다.

"제법 괜찮았다, 애송이."

"정말요?"

"그래, 그러니까 오늘 저 녀석들을 확실히 짓밟아버리라고. 다시는 기어오르지 못하도록 말이야."

"넵! 명심하겠습니다."

강동원이 장난스럽게 경례를 붙였다. 그러자 메디슨 범가드너가 마음에 든다며 씩 웃어 보였다.

그사이 비어 있는 마운드에 파드리스의 선발 투수가 올라왔다.

강동원이 상대할 선발은 루이스 페르도르였다. 93년생 우완 정통파 투수로 현재 리빌딩이 한창인 파드리스 마운드의 에이스 역할을 하고 있었다.

태생은 도미니카 공화국. 2009년에 파드리스에 입단했으며 98mile/h(≒157.7km/h)에 육박하는 빠른 투심 패스트볼과 수준급 싱커, 커브, 그리고 체인지업을 구사하는 것으로 알려졌다.

물론 포심 패스트볼도 던지긴 하지만 포심 패스트볼보다는 투심 패스트볼의 구사 비율이 압도적으로 높았다.

특히나 루이스 페르도르의 투심 패스트볼은 왼손 타자 기준으로 보았을 때 몸 쪽에 붙는 것처럼 날아들다가 마지막 순간에 홈 플레이트로 크게 휘어져 들어가는 게 특징이었다.

후반기가 시작된 지 한참이 지났지만 루이스 페르도르는 아직 10승 고지를 점령하지 못했다.

9승 6패에 평균 자책점 3.29, 탈삼진은 159개.

성적만 놓고 보자면 강동원과 비슷한 수준이었다.

에이스 역할을 해주어야 하지만 자이언츠의 5선발과 비슷한 수준의 활약. 그것이 루이스 페르도르의 현 주소였다. 그래서일까.

"오늘은 기필코 이긴다."

루이스 페르도르가 이를 악물며 투구판을 밟았다.

자이언츠의 1번 타자는 다나드 스팬이었다. 자이언츠 타선은 전반기 타순과 크게 다르지 않았다.

'이 녀석 공은 까다로우니까.'

다나드 스팬은 루이스 페르도르가 몸 쪽을 파고드는 투심 패스트볼로 승부를 걸어올 것이라고 여겼다.

그래서 몸 쪽에 모든 신경을 집중했다.

하지만 정작 루이스 페르도르는 초구와 2구, 3구를 전부 바깥쪽으로 던지며 투 스트라이크를 잡아냈다.

그리고 4구째 궁지에 몰린 다나드 스팬에게 몸 쪽 낮은 코스로 투심 패스트볼을 던져 2루수 앞 땅볼로 유도해 냈다.

“젠장, 저 빌어먹을 투심 같으니.”

“복수는 나에게 맡기라고, 스팬.”

2번 타자 아르헨 파건이 큰소리를 떵떵 치며 타석에 들어섰다. 하지만 5구만에 중견수 플라이 아웃으로 물러나고 말았다.

“뭐야, 파건. 뭘 하고 있는 거야?”

“제길, 조심해. 저 녀석 투심이 장난 아니라고.”

“내가 하는 걸 잘 보라고. 저런 공은 덤벼들어서는 안 되니까.”

3번 타자 비스트 포지는 공을 끝까지 끈질기게 물고 늘어졌다. 루이스 페르도르가 투심 패스트볼을 구석구석 찔러 넣으며 비스트 포지를 유혹했지만 비스트 포지의 방망이는 쉽게 움직이지 않았다.

결국 풀카운트 승부 끝에 비스트 포지는 사사구를 얻어 1루로 진출했다.

“젠장!”

루이스 페르도르가 욕지거리를 내뱉었다. 그사이 4번 타자 헌터 페이스가 타석에 들어왔다.

–헌터 페이스. 루이스 페르도르에게 강한 편이죠.

–올 시즌 루이스 페르도르에게 4개의 안타와 한 개의 홈런을 때려냈습니다.

–그 홈런이 바로 그랜드 슬램이었는데요.

–루이스 페르도르. 아무래도 그때 맞았던 홈런을 기억하고 있는 것 같네요.

중계진의 말처럼 루이스 페르도르는 헌터 페이스와의 아픈 승부를 잊지 못했다. 그때 그 홈런만 아니었더라도 지금쯤 시즌 10승을 달성했을 테니 더욱 속이 쓰렸다.

"잘 만났다, 페이스."

루이스 페르도르가 질근 입술을 깨물었다. 그러고는 초구에 몸 쪽으로 투심 패스트볼을 던졌다.

퍼엉!

한복판으로 날아들던 공이 마지막 순간에 크게 꺾여 헌터 페이스의 몸 쪽을 파고들었다.

"스트라이크!"

타석에서 한발 물러나며 헌터 페이스는 고개를 흔들었다. 솔직히 초구부터 이렇게 적극적으로 덤벼들 줄은 생각지 못한 것이다.

"왜 그래, 루이스. 평소처럼 얄밉게 도망 다녀 보라고."

헌터 페이스가 숨을 고르고 타석에 들어섰다. 그러자 루이스 페르도르가 기다렸다는 듯이 공을 내던졌다.

후앗!

루이스 페르도르의 손끝을 빠져 나간 공이 또다시 헌터 페이스의 몸 쪽을 파고들었다.

구종은 초구와 마찬가지로 투심 패스트볼.

오늘 투심 패스트볼의 무브먼트가 좋다는 것을 알고는 망설이지 않고 공격적인 피칭을 이어간 것이다.

헌터 페이스는 똑같은 공에 당하지 않겠다는 듯 방망이를 돌렸다.

하지만.

따악!

손잡이 쪽에 걸린 타구는 3루 측 관중석으로 높이 치솟았다.

3루수 얀게르비스 솔라테가 다급히 타구를 쫓아봤지만 공은 그대로 관중석 너머로 사라져 버렸다.

"후우……."

투 스트라이크 노 볼.

절대적으로 불리한 볼카운트 앞에서 헌터 페이스가 다시 방망이를 들어 올렸다.

그러면서 슬쩍 바깥쪽에 초점을 맞췄다. 초구와 2구, 연속으로 몸 쪽을 공략한 만큼 루이스 페르도르가 3구 연속 몸 쪽 승부를 펼치지는 않을 것이라 여겼다.

하지만 강동원의 압도적인 호투에 자극을 받은 것일까.

후웃!

루이스 페르도르의 손끝을 빠져 나간 공이 또다시 몸 쪽을 파고들었다.

"젠장!"

헌터 페이스가 이를 악물고 방망이를 내돌렸다.

딱!

이번에도 살짝 먹힌 타구는 3루 측 관중석 너머로 사라져 버렸다.

"후우…… 빌어먹을."

헌터 페이스가 타석에서 물러나 길게 한숨을 내쉬었다. 아무래도 몸 쪽으로 날카롭게 파고드는 투심 패스트볼이다 보니 방망이 중심부에 맞추기가 쉽지 않았다.

"헌터, 유인구가 들어올 거야! 속지 마!"

강동원은 4구째 유인구가 들어올 것이라고 예상했다.

궁지에 몰린 헌터 페이스는 투심 패스트볼에 초점을 맞출 수밖에 없을 터.

그 틈을 노려 변화구를 던진다면 헌터 페이스의 방망이가 따라 나올 수밖에 없을 것 같았다.

"걱정 마, 강. 헌터도 그 정도는 알고 있다고."

더그아웃 앞쪽에서 타석을 준비하던 브래드 크로포트가 씩 웃으며 말했다.

중량감이 다소 떨어지긴 하지만 헌터 페이스는 거인 군단의 4번 타자였다. 그리고 메이저리그 4번 타자는 아무나 할 수 있는 게 아니었다.

하지만 정작 헌터 페이스는 4구 바깥쪽으로 빠져 나가는 커브에 그만 헛스윙을 하고 말았다.

"스트라이크 타자 아웃!"

"크윽."

헌터 페이스가 신경질적으로 방망이를 내던졌다. 그렇게 자이언츠의 1회 말 공격은 잔루 1루로 끝이 났다.

강동원은 애써 아쉬움을 달래며 모자를 쓰고 글러브를 챙겨 일어났다. 그리고 파드리스 타선을 상대하기 위해 당당히 마운드로 걸음을 옮겼다.

강동원이 나타나자 잠시 아쉬움에 빠져 있었던 관중들이 뜨겁게 환호했다.

"와아아아아!"

"강! 여길 봐! 강!"

"닥터 강! 파드리스를 쓸어버리라고!"

"삼진! 삼진이야! 전부 삼진으로 잡아버려어어어!"

몇몇 혈성 팬은 휘파람까지 불며 강동원의 등판을 반겼다.

그러나 강동원의 귀에는 그 뜨거운 함성 소리가 잘 들리지 않았다.

강동원은 마운드에 서서 공 7개 정도를 던지고 연습 투구를 마쳤다. 그리고 잠시 후 파드리스 4번 타자 윌 마이스가 타석에 들어섰다.

훙! 후웅!

윌 마이스는 타격 자세를 취하기에 앞서 가볍게 방망이를 휘둘렀다. 자연스럽게 강동원의 머릿속에 지난 경기에서 윌 마이스에게 얻어맞았던 투런 홈런이 떠올랐다.

'저 자식이……!'

강동원이 눈매를 일그러뜨렸다. 그러자 윌 마이스가 씩 웃더니 자신감에 가득한 눈빛으로 방망이를 들어 올렸다.

"강, 그때 그 밋밋한 포심 패스트볼을 던질 거면 포기하는 게 좋을 거야. 차라리 커브를 던지라고. 내가 친히 담장 밖으로 날려 버려 줄 테니까."

윌 마이스는 지난 홈런으로 인해 강동원이 자신에게 겁을 먹고 있을 거라 확신했다. 그러나 정작 강동원은 윌 마이스의 등장으로 활활 타오르고 있었다.

"윌 마이스, 너 이 자식. 잘 만났다."

강동원이 단단히 공을 움켜잡았다. 그러자 비스트 포지가 흥분해서는 안 된다며 침착하라는 수신호를 보냈다.

'그때 몸 쪽으로 붙인 포심 패스트볼을 얻어맞았지 아마?'

비스트 포지는 윌 마이스에게 얻어맞은 홈런을 정확하게 기억해 냈다. 그리고 역으로 사인을 냈다.

'일단 초구는 커브다. 몸 쪽으로.'

포심 패스트볼 사인이 아니라 아쉽긴 했지만 강동원은 가볍게 고개를 끄덕였다.

비스트 포지의 성격상 홈런을 맞은 타자라고 해서 도망가는 리드를 하지는 않을 터. 분명 다른 생각이 있을 것이라고 믿었다.

"후우……."

잠시 숨을 고르며 흥분을 가라앉힌 뒤 강동원이 빠른 동작으로 공을 던졌다.

후앗!

강동원의 손끝을 빠져 나간 공이 큰 포물선을 그리며 윌 마이스의 몸 쪽으로 날아갔다. 그리고 윌 마이스가 지켜보는 앞에서 뚝 떨어져 스트라이크 존을 통과해 버렸다.

"스트라이크!"

구심이 가볍게 오른팔을 들어 올렸다.

"칫, 이렇게 나온다 이거지?"

내심 포심 패스트볼이 들어오길 기다렸던 윌 마이스가 질근 입술을 깨물었다.

"좋아. 어디 다시 한번 던져 보라고, 애송이."

잠시 머릿속을 정리한 윌 마이스가 타석에 들어서서 방망이를 들어 올렸다.

초구에 각이 큰 커브가 날아들었다는 건 2구째 포심 패스트볼을 염두에 둔 리드일 터. 보나마나 2구째는 포심 패스트볼이 날아올 것이라 굳게 믿었다.

하지만 강동원의 손끝을 떠난 공은 또다시 포물선을 그리며 날아왔다.

이번에는 변형 커브였다. 패스트볼처럼 빠르게 날아오다가 갑자기 뚝 떨어져 포수 미트 속으로 사라지는 공 앞에서 윌 마이스는 또다시 입술을 깨물 수밖에 없었다.

"젠장, 저 자식이."

윌 마이스는 슬쩍 고개를 돌려 비스트 포지를 노려봤다. 어쩌면 계속해서 커브만 던져도 좋다는 자신의 혼잣말을 듣고 비스트 포지가 일부러 커브 사인만 내는 것은 아닌가 하는 의심마저 들었다.

하지만 윌 마이스는 이내 마음을 다잡았다.

'이번에는 포심이겠지.'

초구와 2구가 커브라면 3구는 빠른 공이 들어와야 했다. 제아무리 비스트 포지라 하더라도 4번 타자를 상대로 3구 연속 커브 사인을 내지는 않을 것이라고 여겼다.

하지만 비스트 포지는 이번에도 커브 사인을 냈다. 그러자 강동원도 슬쩍 입가를 비틀어 올렸다. 설마 했는데 비스트 포지가 계속해서 커브 사인을 낼 줄은 몰랐던 것이다.

만약 다른 투수 같았다면 한 번쯤 고개를 저을 만도 했다. 메이저리그 4번 타자를 상대로 같은 유형의 공을 계속 던진다는 건 위험천만한 일이었다.

그러지 강동원은 단단히 고개를 끄덕였다. 강동원은 자신의 커브를 믿었다. 그리고 그 커브를 던지라는 비스트 포지의 판단을 신뢰했다.

'좋아. 한번 해보자.'

강동원이 단단히 공을 움켜쥐었다. 그러고는 비스트 포지의 미트를 향해 힘껏 공을 내던졌다.

후앗!

강동원의 손끝을 빠져 나간 공이 또다시 높게 날아들었다.

"빌어먹을!"

포심 패스트볼이라 여기고 타격 자세에 들어섰던 윌 마이스의 얼굴이 와락 일그러졌다.

to be continued